新 潮 文 庫

つくも神さん、お茶ください

畠 中　恵 著

新 潮 社 版

9588

まえがき　もしくは情けない思いの発露

正直に、大急ぎで白状してしまおう。

私は物書きとしてデビューするまで、エッセイと名のつくものを、書いたことがなかった。

己のことや、日々考えたことなどを文字とするのに、とんと興味が無かったからではないかと、今にして思う。

何しろ人生を賭《か》けた恋にも、大事故からの生還にも、思いがけない不思議にも、タイムトリップにもツチノコなど未確認動物にも、河童《かっぱ》にさえ縁が無かったのだ。そんな己のことなど、文とするにはちょいと……大いに、面白みに欠けるではないか。なのにエッセイやコラムをまとめ、こうして一冊の本として、人様の眼前に差し出すこととなった。

人生には度胸が必要である。

そう、己に言い聞かせている。

もしかしたらこの本は、読んで下さる誰か、そこなるあなたとの、思いもしなかったご縁となるかもしれない。

そんな気もしている。

そうであればいいなと感じている。

書くのに悪戦苦闘しました。これも白状である。

目次

まえがき　もしくは情けない思いの発露……3
受賞の言葉……13
本の道に足を踏み入れたる　あらまあ……15
道の先の家　16
〝シュジンコウ〟のヒミツ　22
道の、道は、道が　26
静心奪われ　30
明日と昨日を訪ねて　33
恋やこいこいこい　36
読んだ観た聴いた　最後に食べた……39
「なめくじ長屋捕物さわぎ」と人情　40
バジル・ウォーレン卿　ゆったり飄々にあこがれ　44
これぞエンターテインメント　46

リアルな感触 51
『ユニオン・クラブ綺談』に感謝 55
話作る楽しさのとりこに 57
しみじみと、ふんわりと 59
物語が終わって始まる 63
名作基に新たな世界 71
妖との出合い。 74
『ひなのころ』によせて 78
こんな時代小説を読んできました 83
思い出の映画『ショーシャンクの空に』 86
27年…思い出重ねて感慨 89
浮かぶのは星の降る夜 91
オペラ座の怪人 93
あこがれと劣等感の青春 96
サイモン&ガーファンクル『水曜の朝、午前3時』 98

伊勢　虎屋ういろ「ういろ」 101
孔子の故郷・曲阜で　孔府宴と西太后の朝食を喰らう 102
墨壺とウイスキー 119
ミステリーの引き立て役 123
餃子の思い出 125
鬼平、白玉の思い出 128
小説と食べ物 133

まよえるこひつじの度胸 137

すべて圏外になる 138
ぼんやり、のんびり 141
「ピー子」はオスかメスか 145
さて、プチプチとは 148
妖怪小説の魅力「今、そこにいるもの」 151
中高年デビューでも遅くない！ 156

「心配虫」とつきあう秘訣 160
「妖」の世界の不思議。 166
今様お江戸散歩 169
言い訳を積み上げない 177
反省をした日 179
江戸版オタク 184
好きなもの 187
始まりは町の小さな書店 189

あじゃれ　よみうり …… 193

あとがき　そして深々と下げられる頭 …… 247

文庫版❖スペシャル付録！
絵師・柴田ゆう　お宝「しゃばけ」ギャラリー …… 251

挿画　柴田ゆう

つくも神さん、お茶ください

——一回たのんでみたいと
夢みている、畠中です。

受賞の言葉

本屋でおもしろそうな本を見つけること。そうすればたとえ、職場で頭痛がおこるようなことがあった日でも、本を買った時に、ちょっと嬉《うれ》しくなり、家に帰って読んでいるときは、ため息の元を忘れて、わくわくしたものでした。

いつか自分も、誰かのために、そんな本が書けたらいいな、楽しんでもらえたら、これ以上の幸せはないなとの思いがありました。そういう作品が書けるように、精進していきたいと思います。

（第13回日本ファンタジーノベル大賞優秀賞　受賞の言葉「小説新潮」二〇〇一年九月号）

本の道に足を踏み入れたる　あらまあ

道の先の家

〝読む〟というのは、書き手が建てた〝本〟という家を訪問するような行為ではないかと、思ったりする。

この家は毎年毎月毎日、数多く作られており、そこへ行き着く為《ため》の〝書店〟という名の道も、立派に整備されている。その上昨今は、古《いにしえ》より地図にも載っている道〝書店〟のみでなく、〝ネット販売〟なる手妻《てづま》に似た空の道まで出来て、簡便なことこの上ない。

さて喜ばしいことに、半日の空き時間なるボーナスを手にしたとしよう。私は木の葉のごとく道の脇《わき》に建ち並ぶ、物書きが建てた家々を訪問しようと意を決する。だが書店通りを歩むと、どの屋へ足を向けようか、それは悩むこととなるのだ。

道の先にある家々の中には、大岩や頑丈そうな鉄骨で出来た家もあり、いささかその扉を叩《たた》きづらい家もある。時に、「我は理解されない」というぼやきが、家から聞こえる事すらあるのだ。

しかし。大概の家は、「御身が来られると言うのであれば、さてそれは、やぶさかではありませんな」という返事を用意している。訪ねれば喜んでドアを開け、こちらをもてなしてくれるのだ。

セキュリティー装置を家中に付け、眉間《みけん》に皺《しわ》を寄せて、己のことを簡単に分かられてたまるかと身構えている家ですら、そうだという。一人の訪れもなければ、せっかく細心の注意を払って配置した椅子《いす》やテーブル、そして自慢の料理を見せ、味わって貰《もら》うことが出来なくなってしまうではないか。よって窓からちらちらと道を眺め、入ってくる客人を待っているのだ。

分かれ道の先には、客人に対しもっと積極的な家もあったりする。扉の所に美しき風景を配し麗《うるわ》しき人を立たせ、中へ来られよと客人を誘う家々だ。

「我が家へおいでなさい。古よりの知識を得るのだ。仲間として語らい満足すべき時を過ごそうではないか」「子供らと共に参られよ。我は御身の母、父とも顔見知りの仲なれば、御子にも紹介されたし」彼らは人の心を誘う言葉を投げかけてくる。

そうかと思えば隣に建つ一軒は、ゴージャスな外見を見せつけ、この屋に入るべしと大声で周りに言う。見れば家の周囲には数多《あまた》のプラカードなどが立ち並び、家を応援している。「ここを訪問したなら、御身は五代に渡る人のドラマを見ることが出来るぞ。恋も陰謀もたっぷりつまっている。さあ百年の時を見るのだ。ハランバンジョー、エイコセイスイ!」しかし、百年の時は少々重くないだろうか。私は迷った末、道の先へと歩みを進める。

次に見えてきた一軒は、いささかその外見が他とは異なっており〝とっつきにくい〟。家の方もそれを心得ているのか、戸を少し開けると、道行く私に声を掛けてきたのだ。

「あれあれ、我が身が馴染《なじ》みで無いからと、訪問をたじろぐのは考えもの。確かに外《と》つ国《くに》の生まれだが、ほれ、こうして〝ホンヤクシャ〟なる通辞にも来てもらっている。話をするのに困りはしませんぞ」今は便利な世の中なのだと、呼ぶ声にも張りがある。

私は一寸《ちょっと》考えたが、やはり足を止めはしなかった。しかしその内、ただ歩いて行くばかりなのが空《むな》しくなってくる。

「いい加減にどれかの家を訪問せねば、半日などあっと言う間に過ぎてしまいまする」道は無限に思える程枝分かれしているし、うかうかしていると、〝ニューカ〟という現象が起きて枝道が出来、新たな家が現れる。迷いの元は刻々と増して行くばかりなのだ。「そうなっては悲劇ですからして」

よって私は「何やら誘われるような気が」する外見を持つ一軒を、思い切って訪ねてみた。やや和風の西洋館であった。家々を訪問する為の値は、極めて公正、平等であって、一見《いちげん》さんお断りという噂《うわさ》も、この道沿いの家々には無い。期待していた通り、扉を開けると私は直《す》ぐに歓迎された。

「これはまた、おいで頂けるとは、おかたじけ。さあ、楽しんでいって下さいまし」

最初に出てきたのは〝シュジンコウ〟なる御仁で、館内に来訪有りとの声を掛けてくれる。私は希望を口にした。

「実は謎《なぞ》を望んでおります。半日の間、心躍らせ心《しん》の臓《ぞう》のありかを確認しながら過ごしたいのです」「心得ております。ほらあなた、このように」指し示された先を見れば、勝手戸の側《そば》には大きな字が浮き出ていた。〝書評家大絶賛〟〝ノンストップ・ジェットコースターストーリー〟などと、心をそそる惹句《じゃっく》が書き連ねてある。

「そうでありましたか」ぐっとその気になって、ではとシュジンコウの手を取ろうとすれば、はて当人は既に目の前にいない。ジェットコースターという看板に偽りはなく、シュジンコウは早々に場所を移ったのだ。

「シュジンコウやいずこ」私も覚悟を決め家の奥へと進む。３ＬＤＫかと思っていたその間取りは、深く広くどこまでも先へ、姿を変えて行く。「これは侮《あなど》りがたし」追跡、探求、お楽しみが始まっていた。

「あれまぁ」幾らも進まない内に、第一の犠牲者と遭遇する。謎はきちんと現れてきた。ガラス戸を開ければ証人とアリバイが現れ、中庭へ出たら、何とこの身が刑事に疑われた。だが直ぐに皆の目は怪しげな男に集まっていく。ほっと一息つく間もない。刑事が誰を捕まえるか見逃したくなければ、目の前で起こることから目を逸《そ》らさず、必死について行かねばならないのだ。ところが。

「これは大変！　刑事が殺されたか？」思わずこの家は破綻《はたん》しているのかと疑ったが、ちゃんとどんでん返しが用意されていた。私が鮮やかなやりように感心していると、早、目の前に現れてきたのは、出口であった。

「面白うございました。楽しみましたよ」時をかけた甲斐《かい》があったというものだ。見送りに来た刑事はこの言葉を聞き、満足そうな表情を私に向けた。「しりーずものの主役でありますれば、他の家にも私はおります。気が向いたら来て下さいまし」

家の前の道に戻れば明かりが灯《とも》り、早、半日の空き時間に残りが少ないことを告げていた。「これは残念。しかし満足」今度来る時は、今まで訪問したことが無かった様式の家の戸を叩いてみようかと思い、私はあちこちの家に目をやりながら道を帰ってゆく。

さて、いつもの暮らしに戻れば、現実の細々した用が待っていた。真面目《まじめ》にこなしていかねばならぬと思うものの、シュジンコウと謎が懐《なつ》かしく、またあの道へ戻りたくなる。家を訪問したくなる。ああ、首までどっぷりと〝ヨム〟にはまりたい。「さてさてさて、こうして人はまた、お休みを取ろうとするのでありますな」そうと分かった私であった。

（「ｙｏｍｙｏｍ」二〇〇八年十月号）

〝シュジンコウ〟のヒミツ

道の先にある物語、〝家〟なるものを作りますと、当然ながらそこに人を招き、配することになります。

中には素直に来られる方、来なきゃ駄目だと言いましたのにトンズラなさる方、いろいろおいでになります。ですが、とにかく必ずお一人、招く方がおりまして。

それは、〝シュジンコウ〟なる、苦労人であります。

私の愛する〝シュジンコウ〟殿は、大概常にいつも笑えるほどに、苦労をなされます。そして他の家を訪問させていただいた時も、そういう苦労のつきない〝シュジンコウ〟方は、数多《あまた》おられました。

もしや〝シュジンコウ〟というのは、苦労引きつけ体質なのか。それが〝シュジンコウ〟の〝シュジンコウ〟たる所以《ゆえん》で、〝シュジンコウ〟と名が付けばそういうことになっているのでありましょうか。

私は不意に、この世に、新たな真理を見つけた心持ちになりました。世界は発見と目覚めと思い込み、それにいい加減に満ちているのです。

ところが。

「待ってください」

「待ちやがれ」

「待つべきかと思われます」

人の覚醒《かくせい》、宇宙の進化を止める声が致します。見れば道の脇《わき》に作られた本という家で、〝シュジンコウ〟たちが首を傾《かし》げているではありませんか。余所《よそ》の家から駆けつけてきた御仁たちもおりましたので、一つの家、物語の中に〝シュジンコウ〟が複数いるという、何とも奇妙な光景を成しておりました。

和装に背広、僧形などの姿に近寄れば、主義主張、持論、正論、私論、迷論が降ってまいりました。

「こういう家、物語を語る建前として、〝シュジンコウ〟はぐぐっと心惹《ひ》かれるものを持っている者であるに違いない。なのにどうして、何故《なにゆえ》に、かくも毎回危機が降りかかり、心締め付けられるような目に遭うのか」

「気持ちのよい一日、ほんわりした日差しの中、縁側で昼寝をしていたら終わった。

そんな過ごし方をしても、よいではございませんか」

聞けばまともな問いがなされます。私も精一杯誠実に、〃シュジンコウ〃たちへ答えを返したのでした。

「勿論《もちろん》毎日の中、御身方はそういう日も数多過ごしておいでです」

「ならば、どうして家の中にはそういう話が満ちていないのだ？」

当然な質問には、当然な答えが返されます。

「だって、なぜなら、実は実は、御身方は己で思われる以上に、愛されておいでだから」

「……だから？」

「家に配された他の者たちは、思うのです。御身が危機に陥ったら助けてあげたい。一緒に苦労を分かち合いたい。冒険の旅に、ともに出たい」

そして、物語という家を形作る程の冒険となれば、数多の化け物に災難、悪党がバアゲンセイルかと思うほどに、現れてきます。それが冒険であるからです。

「〃シュジンコウ〃が困らなければ、誰も救いの手をさしのべる事が出来ません。よって御身方は、これでもかと思う程に、災難と向き合うはめになるのです」

ソウイウコトニナッテイル。

我が主張に〝シュジンコウ〟方が納得されたかは、未《い》だ《ま》分かっておりません。

（書き下ろし　二〇〇九年六月吉日）

道の、道は、道が

書店という道へ何度も行きます内に、読むという道に、またまた心奪われてまいりました。

そうする内にだからして、この身も道を造る日々を過ごしたいと、思うようになりました。

さて望みを持ったものの、どうしたものかと考え込みました。ですが直《す》ぐに気がつきました。誰も道を、家を造ってはいけないと、止めはしないのでございます。

「そうであれば造らぬ手はない」

私はせっせと小道を生み延ばし、横に小さな家を造ってみたのでございます。家造りは楽しい作業なのでありました。

ところが。

窓もたくさん作りましたが、当然といいましょうか、己一人で成し住所も知られておらぬ家では、誰も覗《のぞ》きになど来てはくれません。すると思わぬことを、家に配した者たちが、あれこれ不満を言い始めたのでありました。

「人に会いたい。まだ誰も家に来てくれぬではないか。会いたい、会えば、会わねば、はい」

私は訴えを聞き、少々眉間《みけん》に皺《しわ》を寄せうろたえます。困ります。

「そんなことを急に言われたとて、考えの他であったから。それに道を行く、客人たる皆様は、大概お忙しい」

世にある道も家も、星や虫と競う程に、数が多いのでありますからして。家は常に造られほとんどがそのうちに消えていきます。ですから実はたぶん来客は望めぬと、正直な所を口にして宥《なだ》めようとしたところ、思わぬことに、もう目の前には誰もおりませなんだ。そこには返答だけが残っていて、口をきいたのでありました。

「では我ら、勝手に会いに行ってまいります」

「へっ？　誰が、誰に？」

窓から外を見れば、道と建物を作る図を持っている主《あるじ》を無視し、早、道の先へと走る者の後ろ姿が見えます。それを見て、私は慌《あわ》てます。右へ行く者を発見し、声を上げます。左へは警告します。

「御身、きみ、あなたは被害者、死人です。走られては困りもの。消えられては〝シュジンコウ〟が嘆きます」

「あれあれ、御身様の連れはそちらの御仁ではありません。はい？　気が合わぬからヒーロー殿では嫌だと？　もっと地味に日々を過ごされる方がお好みなのですか」

いやいや、そう申されましてもと頭を抱えます。これからどうしたものかと思ったその時、肩をたたかれました。ハイと返答して横を向きましたら、名前もうろ覚えであった、遥《はる》か前に去った筈《はず》の御仁が、家に立っておりました。

「私はシュジンコウの連れになることに致しました。であれば、必然、当然、ぐっと多く家に姿を現します。そのおつもりでいて下さいまし」

「……はい」

思わずそう、返答をしてしまいました。しかし、がしかし、でございます。家を、小道を造るのは己であるのに、そこに住まう御仁たちに、かように勝手を言わせて、よいものでありましょうや。

「いやいや、それではあまりな」

やはり一言、言わねば。己が指揮を執らねばなりません。

私が、私は、私こそが、私だからして。私は立ち上がりました。道に出て思うところを言おうとしたのです。すると。

　その道に、既に出来上がっていた覚えのない百万の小道を見つけ、私は呆然《ぼうぜん》としたのでございます。更にそこかしこから、予定外の御仁たちまで現れて、立ちすくんだのであります。

「……そうでしたか。道は、御仁たちは、勝手に生まれることもあったのでございますね」

　私は観念すると、〝予定外もまた楽し〟と口ずさむ事にいたしました。

　やけくそかと道が聞いてきましたが、返答はいたしませせなんだ。


（書き下ろし　二〇〇九年七月吉日）

静心奪われ

暇を見つけ、いつものごとくに本の道を歩んでおりますと、新刊たる家々から、凝った誘いの文句などが聞こえてまいります。私は大層幸福な心持ちで、さてどの家を訪問すれば本が成します幸福至福、冥加《みょうが》であり希有《けう》な多祥浄福なる吉祥目出度《めでた》目出度のこれ幸い、一時の大福に巡り会えるかと、道を歩いておりました。

すると。

己がお腹《なか》が〝くう〟と鳴ったのでございます。考えてみますれば、本の道を訪れるのに夢中で、折り目正しき健康の元、中食午餐《ちゅうじきごさん》を忘れていたのでございました。

「ささてさて、ここは本の道を突き進み、心を満たすが先でありましょうか」

「それとも胃袋と話し合いを持つのが、正しき大人というものでありましょうか」

首を一つ傾《かし》げたところで、驚くことが起こりました。横を通っていた小道がくいと曲がると、私が歩いていた道へ繋《つな》がったのでございます。

「はてや怪しき。何事の変事」

真面目《まじめ》な一小市民として、生真面目に事を怪しんでおりますと、その思いに答えるように、不可思議の訳が道の先にある家の扉を開けました。途端、私は匂《にお》いに心をとらえられ、その場に立ちすくんでしまったのでございます。

「ああ、これは西洋式夏野菜のごった煮でございますね」

大好物でございます。何故《なにゆえ》にどうしていかなる訳にて、道の先の家に、そのことが露見しましたのやら、考えるべきでありましたが、腹ペコの私は、ふらふらとその家に、吸い込まれていってしまったのでありました。

「おお、これはお菓子の家ではございませんね。おばあさんがおいでになりません」

「かの高名な方が書かれた、注文がやたらと多い料理屋でもないようで」

とにかく、家に入った者が食材の一つになることは、なさそうでございます。私がはてはて」と言いつつ、心そそられる匂いの元を探しておりますと、不意にしゃれた葉っぱ色のエプロンを付けた御仁が、現れたのでございます。

「ようこそおいでになりました。ここは〃あら不思議なほどに簡単美味感謝感謝〃の、料理本の家でありますⅡ
「おお、レシピ本でありますか」

心そそられた訳が分かり、得心がいきました。しかし、レシピが分かっても、この場で食べる訳にはいかないようだとも、分かりました。

「大丈夫、私を家までお連れくだされば、数多《あまた》の、手軽でおいしい料理へ導く事が出来ます。さあ、共に帰りましょう」

「しかし、私は今日、あちらの家、こちらの住所へ訪ねる予定が……」

寸の間迷いましたが、無駄な抵抗というものでございました。私はエプロンの君と共に、道を帰ってしまったのでございます。

予定は未定であり決定では無くその情けないああ……。


（書き下ろし　二〇〇九年八月吉日）

明日と昨日を訪ねて

「さてさて、おいでなさいませ。御身の心をわしづかみにしたのは、百年前まであった町の景色でありましょうか」

「それとも散歩に出かけても、まだ形をなしてはいない、道の先にできる約束の建物でありましょうか」

久しぶりの休日、私はまた物語という道の先へと行きたくなって、書を手に取らんと店に向かいました。すると、〝旅〜〟という字を身にまとったザッシなる御仁が現れ、さてさて、我が身が気に入ったのであれば、時と場所が離れた所へまで行かぬかと、誘ってきたのでございます。

「いやいや。私は日々という名の人と、せわしく会わねばなりません。心惹《ひ》かれるおっしゃりようではありますが、今は先の先、過去の横町へは行きがたく」

正直な所を口にすると、ザッシは心得顔で己の〝旅〟なる道を指し、さっと私の手を取ったのです。

「大概のお人は、そのように言われます。ですから我が身はその対策も、心得ておりますとも。はいはい」

見れば指し示された道の先には、誰かが既に道を付けた、〝おなじみ〟とかいう、小道がございました。そこにはさしたる苦労も時間もかけずに済むという、〝人のジヨリヨク〟なる写真窓が、無数に付いていたのでありました。

それは来し方の思い出の中にも、明日の向こうの〝まだナイナイ池の水の底〟にさえ、つながっているのであると、ザッシはそう説明を加えてきました。

「ほい、はい、便利でございましょう？　ありゃ、こりゃ、我ながら、なんと素晴らしい」

右の窓を見れば、まだ和綴《わと》じの本が造られていた頃の、雨に濡《ぬ》れやすい道が覗《のぞ》けました。左を見れば、道はその姿を、電気仕掛けで出来た、淡い形のものに変えていました。それは物語と共に歩く場所だというのに、すいっちを押せば消えてしまうような代物《しろもの》に、変じていたのでありました。

「道がかくなるようになるとは、時の移ろいとは激しいもの。雷が落ちたら、数多の道が消えそうですね」

心許《こころもと》なく思えて、身にぶるりと震えが走ります。するとザッシは、ならばいつもの道がよろしかろうと、石の道を案内しはじめました。

「これは意志の道でございます。意思と遺志が満ちておりまする」

ザッシの弁舌は爽《さわ》やかなものでございました。よってだからしかして、気がつけば私はザッシを、店から請《う》け出していたのでした。

（書き下ろし　二〇〇九年九月吉日）

恋やこいこいこい

　久方ぶりに今様《いまよう》の世の中と折り合いを付け、書物という森の道を行けば、ここしばらくの内に書かれた数多《あまた》の家々が、誘うようにその手をさしのべてくる。馴染《なじ》みとなったその光景に思わず笑みを浮かべたその時、私は道の途中で立ち止まった。

　道の先にあった細い枝道が、いきなりぐぐと折れ曲がったと思ったら、つながる先の家を変えてしまったのだ。

「あれまあ、あらあら、何が起こったのか」

　天変地異には間違いなけれど、すぐ近くを行くこの身には、何一つ起こりもしない。眉根《まゆね》に皺《しわ》を寄せていると、道の先にあった家が、答えを教えてくれた。

　窓がいきなり開くと、甲高い怒りの声と共に、椅子《いす》が放り出されて来たのだ。その道をも曲げ、家具をも破壊する力を見て、私は事を了解した。

「ああ、恋が道の先にあるのですね」

恋愛小説。なかなかの破壊力を持った代物《しろもの》である。

何しろ恋愛という奴《やつ》には、力がある。何故《なぜ》ならば恋も愛も、必ず二人で行うもの故《ゆえ》であった。そこには濃い故意があり請《こ》い願う来い来い来いだからである。

そして恋はこの文のように分かりづらい。当事者で無い者にはとんと理解しづらく、当のご両人たちは端《はな》から哲学的、論理的な思考を諦《あきら》めている代物だからだ。

恋は数学の方程式を連想させ、心の臓に強心剤を飲むよりも良い、などと言って愛を語らう者がいるであろうか。だから愛を、恋を、逢瀬《おうせ》を書くと椅子が窓から飛び、心が騒ぐ。締め付けられる。それをものともせずに、道の先の家に入り、恋物語を読む御仁がいる。まことに恋ならばの怪《け》しからぬありようであると思う。

「あれ、あの家の恋には、みすてりぃが入っておりましたか」

横を通り過ぎつつ、ちらりと家の方を見れば、ひっくり返ったパンダと似た色の車が、やれこんな所にまで来るのかと、文句を言いつつ止まっている。何事かと見れば、親切な窓が子細を示してくれた。いきなり全開に開くと、男が外へと投げ出されたのだ。

部屋の内に残された女が、己が放り出した男についての不満を一人で口にするが、相手が失《う》せた逃げた居ないものだから、返答は勿論《もちろん》無い。よって、気持ちは落ち着かないらしい。

「なるほど、恋とは難しいもののようです」

恋は濃い。濃い恋を乞《こ》うのが恋路か故意なる破滅か。

ああ、恋である。

（書き下ろし　二〇〇九年十月吉日）

読んだ観た聴いた　最後に食べた

「なめくじ長屋捕物さわぎ」と人情

センセーに恋したことがある。

センセーといっても、お偉くも議員でも学校の先生でもない。都筑《つづき》道夫作「なめくじ長屋捕物さわぎ」シリーズに出てくる、砂絵師のセンセーだ。

この方、年齢は不詳だが若くはない。間違っても金持ちでもない。破れ畳と風通しのよい障子、おまけに壁を通って隣と行き来出来るなめくじ長屋に巣くっているのだから、保証付きの貧乏なのだ。着ているものとて着たきり雀《すずめ》の袷《あわせ》。およそブランドものとは縁がない。

よく飲んでいる酒だとて、灘《なだ》の銘酒といかないことは明白だった。お酢の親戚《しんせき》みたいなものかもしれない。つまり衣、食、住、見事にいけてない。にもかかわらずセンセーは、ぐぐっとくる男なのだ。

お住まいが江戸であるにもかかわらず、文《ふみ》など出せたらと思ってしまう。まだ学生だった私の少ないお小遣いから、センセーにお会いすべく本代を捻出《ねんしゅつ》させたのだから、その魅力は絶大であった。今でも色褪《いろあ》せることなく、センセーは私のいい男リストの中に、しっかりと居座っている。

「なめくじ長屋捕物さわぎ」シリーズは、時代ものだが、よくあるような人情ものではない。そういう形にはしなかったと、都筑氏ご自身から伺ったことがある。

より現代の推理ものに近い形の捕物帖《とりものちょう》なのだ。謎《なぞ》がありそれを解き明かす探偵役がいて、論理的でかつ大胆な、読者を楽しませずにはおかないからくりが施されたシリーズだ。

提示される奇抜な謎はその大胆さを考えると、現代ものより時代ものに向いていると思われる。何しろ「なめくじ長屋捕物さわぎ」シリーズに出てくる謎は大仕掛けなのが多く、現代社会で同じことに出くわしたら、かなり驚くようなものばかりだからだ。

五人一遍に首つりが出たと思ったら、それが消えたり現れたり。さてどうした訳かといった謎とか、富士山を模した巨石が部屋の中で隠居を押しつぶしたとか、不可思議な事件が話の冒頭で語られる。これをセンセーがきっちり解いてみせるのだから、読んでいる方はたまらなく面白い。

舞台は二十四時間営業のコンビニから漏れてくる明かりなど、街角に無かった時代なのだ。奇抜な着想が単なる話の都合としてではなく、話に溶け込んで違和感が無いのは、お江戸ならではのことだろう。なにしろ河童《かっぱ》も鬼も幽霊も、今より遥《はる》かに日々の暮らしと馴染《なじ》んでいた時代なのだ。そんな毎日だからこそ、大仕掛けが違和感無く生きる。「なめくじ長屋捕物さわぎ」はその点でもぴたりと壺《つぼ》にはまったシリーズだと思うのだ。

一連の話の内、好きな話はいくつもあるが、まず頭に浮かぶものといったら「粗忽《そこつ》長屋《ながや》」だろうか。タイトルからも知れるように、お馴染みの落語『粗忽長屋』から題材を取ったものだ。この話のセンセーが、大層センセーらしい感じで格好良い。『粗忽長屋』の原話は寛政年間（一七八九〜一八〇一）の笑話本『絵本噺山科《えほんばなしやましな》』にあったらしい。もっともそのときは噺の結末が今とは違い、題も『粗忽長屋』では無かったようだ。ともかくセンセーは、落語と同じように行き倒れの死体を己だと思いこむのだが、そうとなったときの対応が、誠に煩悩《ぼんのう》全開でセンセーらしい。かなりいい加減で、己が死んだと思った割にはお気楽なのだ。

だがその後の結末は切れ味が鋭い。落語の楽しさとは一線を引いて、すぱりと「なめくじ長屋」流の推理の冴《さ》えを見せる。なぜ己の死体と対面することになったのかという謎にもちゃんと説明を付け、話を一気に大団円へと導くのだ。

このシリーズを読み返し、魅力とは何かという視点で考えてみると、面白いことに気がつく。都筑氏は「なめくじ長屋捕物さわぎ」を、人情仕立てにはしなかったとおっしゃったし、話は確かにどれも、謎がメインになっている。

だが話の背後に、書かれていない人情話が見えてくるのだ。

センセーは竹光すら持っていないのに、なかなか刀を使えるようだし、博学だと推察する。元は武士のようだから、それなりの暮らしがあったのだろう。そのお人が砂絵師になるまでの経緯の中に、涙や情話がきっとあったと思えるのだ。一人の人間が何もかも捨て去り達観するまでの日々とは、いかなるものなのか。山のように人情話が書けそうな過去が、行間から透けて見えるのだ。

だが砂絵師のセンセーは、決してお涙ちょうだいの過去を語ったりはしない。そこがストイックで、また読み手の心を摑《つか》む。センセーの新しい話を読めないことが、大層残念でならない。


（〈偏愛読書館〉「オール讀物」二〇〇四年六月号）

バジル・ウォーレン卿《きょう》ゆったり飄々《ひょうひょう》にあこがれ

大英帝国華やかなりし頃の英国貴族、バジル・ウォーレン卿は、まことに優雅な日々を送っている。

身分あり、財産あり、だがあくせく働くことはなく、まだ妻子もいないというわけで、羽のように軽やかな身だ。

しかも孤独ではなく、バジル氏のことをよく分かっている執事や召し使いたち、それにたくさんの友人、美しい女性に囲まれて、彼はゆったり、飄々と生きている。

この漫画を読んで、当時社会に出たばかりだった私は、ひどくうらやましくなった。私は将来に不安を感じ、仕事や人間関係の悩みを、いっぱい抱えていたからだ。

飄々とするどころか、ぎすぎすと、眉間《みけん》に皺《しわ》を寄せていた。バジル氏のような態度が、身に付かないものかと願ったが、どうも、うまくいかなかった。飄々とした生き方をする、と口にするのは簡単だが、実行は大変なのだ。

仕事が遅れイライラしたり、暑いからと家事を手抜きにしては、とてもゆったり生きているとはいえない。ストレス発散のため、バジル氏が皿を一枚、台所で割っているところなど、想像もつかない。

バジル氏も、努力をしたはずだということは分かっている。しかし彼は、そのことを周りに感じさせない。いつも頼れる主人であり、変わらぬ友であり、優しい恋人なのだ。

かっこいいんだなあ。

彼のような人間になりたい。男性からも女性からも、慕われること、間違いなしだ。だが未《いま》だに、仕事で、雑事で、ため息をつく毎日だ。飄々と生きるのには、私はきっと煩悩が多すぎるのだろう。

それでもあこがれは止《や》まず、時々愛蔵版を書棚から取り出しては、読み返している。

（〈マイ・ヒーロー&ヒロイン〉坂田靖子『バジル氏の優雅な生活』「読売新聞」二〇〇四年八月二十五日）

これぞエンターテインメント

アレクサンドル・デュマ（ペール）の『三銃士』を読んだのは、中学生の時だったと思う。

続編等、書かれているが、私がそのとき手にしていたのは、若き主人公ダルタニャンが銃士隊に加わり、波瀾《はらん》万丈の末に銃士隊副隊長となって、大団円を迎えるところまでの、第一部だった。

夢中になって読んでいた本が終わりに近づくにつれ、私はしばし読む手を止めた。そのまま読み続けては、話が終わってしまう。読み切ってしまう。それが嫌だったのだ。

だが、のめり込むように読んでいた本の、結末が分からないと、これもつまらない。結局、読みたいのと先を見たくないのと、二つの気持ちに板挟みになったまま、それでも手を止められず、最後まで読み切ってしまった。

ああ面白かったと思い、他方、それ以上読めないのが、酷《ひど》くせつなかった。それだから遥か前となったあの日のことを、今でも憶《おぼ》えているのだろう。

『三銃士』を読むまでにも、面白い本とは多く巡り会った。名探偵との出会いとなった、江戸川乱歩の「少年探偵団」シリーズや、ル＝グウィンの「ゲド戦記」など、面白かったなあと、読んだときのことを憶えている話は多い。しかし、〝ああ、終わってしまう〟という思い出がとりわけ強かったのが、『三銃士』だった。

『三銃士』は一七世紀フランス宮廷が舞台の、華やかな要素が詰まった、傑作エンターテインメントだ。発表されたのは一八四四年、作者のアレクサンドル・デュマ、四二歳の時の作だ。

今から一六〇年前の小説！　読者に支持され続けたその息の長さに、驚かされる。出版時に評価された小説というのは、いつの世にも数多《あまた》あるだろう。『三銃士』が「シエークル」紙に発表された当時も、他新聞に人気小説が連載されていた。

だがその中で、歴史的価値を評価されたのではなく、面白い小説として読み続けられたものは、本当にわずかなはずだ。『三銃士』は間違いなく、その稀有《けう》な一冊なのだ。

となれば、一体何がこの作品に、そんなに息の長い生命を与えたのか。

もちろん第一は、掛け値無しの話の面白さだろう。場面はフランスの王政下、デュマが書いた当時から見ても、二〇〇年ほど前だ。読者からみると、今の日本で、江戸時代の痛快な剣豪小説を読んでいる感覚だったろうか。謎の美女、翻《ひるがえ》るマント、友情と裏切りなど、心躍らせる設定には事欠かない。

だが、そういう華やかな話作りこそ、エンターテインメントではよくみられるものだ。セオリー通りに書けば事足りるかといえば、そう上《う》手《ま》くはいってくれない。そこがエンターテインメントの難しさ、面白さだろう。

『三銃士』が読み続けられるもう一つの理由に、筆力が生み出す読者との一体感、というものがあるのではと思う。

主人公ダルタニャンは、剣と友情と努力によって事件を解決し、行いに値するものも勝ち取った。だが失った人は帰らず、事が終わると友人等は、いるべき場所に帰って行く。

もう会えないという訳ではないが、それでも次に会うときは、お互い今と同じではいられない。何より主人公自身、そろそろ青年時代を卒業し、頼られるべき大人に変わってゆく転換点を迎えている。

それは誇らしいことではあるが、ある種切ないような寂しさを含んでいる。甘えも許されていた時間との決別。甘やかす側への転換。

この物語のような波瀾万丈、生死を賭《か》けたものではなくとも、大人ならそれぞれの青春時代を通ってきている。この話からは、いつの時代でも、誰でもが必ず通り、感じる感情が、滲《にじ》み出て来るのだ。

それは現代の作家、スティーブン・キングの小説を読むとき、〝父親〟とか、〝アメリカ〟というものを感じ、考えさせられるのに似ている。ホラー小説であるにもかかわらず、読んでいるとふと、怖いだけでないものが、心に浮かんでくるのだ。

一六〇年ほどの時を超えて書かれた二人の作家の小説は、違った分野の話であるにもかかわらず、どこか似たものを含んでいる。とびきりの娯楽性と、時代の先へ続いて行く普遍性だ。

いかに読み手が夢中になれる時間を提供出来るのか、いかに心に響くものを書いていけるか。難しいと思い、また、軽々と超えている作品をみると、頭でっかちに悩みすぎるだけでもいけない気がする。そう思って、また悩むのだが。

この『三銃士』という作品を読むと、いつもこれぞ〝エンターテインメント〟というものを、目の前に置かれている気がする。凄《すご》いと思う。そんな話を書きたいと願う。

そしてまた、その難しさにため息をつく。とにかく、いつ読んでも確かに面白いのだ。

（〈私を変えたこの一冊〉「小説トリッパー」二〇〇四年冬季号）

リアルな感触

行間から、何かが匂《にお》い立って来るような小説であった。

『ラス・マンチャス通信』。第16回日本ファンタジーノベル大賞、大賞受賞作だ。怪奇幻想文学に近いテイストを持つ本作品は、皮膚感覚で読者に迫ってくるような、強いインパクトを持っている。

冒頭の第一章「畳の兄」において、読み手はまず、登場する「アレ」と「陸魚」を、強く頭に刻まずにはおれないだろう。緻密《ちみつ》な描写から、「陸魚」はその形を浮かび上がらせ、匂いさえ感じそうだ。「アレ」はその理不尽な行動で存在感を示す。

不穏な悪夢のような出だしは、緊張感を孕《はら》んで、ただでは済まない未来を予感させた。「僕」がいる世界においては、「僕」にも「姉」にも、安穏とした毎日や、きちんと割り切れる理屈と常識など、存在しないかのようだ。

作者の平山瑞穂《みずほ》さんは、「カフカが繰り返し描いた悪夢のような、ありえないはずのことが持つリアルな肌触りに、どうしようもなく惹《ひ》かれます」と、受賞の言葉で書かれている。まさに本書において、作者はその悪夢を、現実感を持って書き表していると思う。

読み進めていくなか、まだ物語の輪郭がはっきりと見えない内から、読者もまた、否応《いやおう》なく作者が作り上げた世界の内へ、取り込まれていくのではないか。

それはおぞましさを含んでいる故《ゆえ》に、なかなか目を逸《そ》らすことがかなわない。幻想的であるにもかかわらず、きっちりと書き込まれることによって、手で触れるかと思うほどに、出来事は真実味を持っている。今の私たちがいる世界の内かとも、思えてしまう。まるで「僕」の目を通して見て、「僕」が考えているような、不安で不可思議な話に包まれてゆくのだ。

スペイン語で「染《し》み」とか「汚れ」を表す言葉である「ラ・マンチャ」、「灰の降る町」「薄幸な美女」「次の奴《やつ》」などの言葉をキーワードにして、物語は進んでゆく。話はより幻想的となり、にもかかわらずリアルさを増してゆくという、一見相反するような展開を見せ、現実感と非現実感は一層その振幅を増し、読者を物語の世界へと引き込んでゆく。

第三章「次の奴が棲《す》む町」の話など、冒頭部に出ていたら浮き立ってしまったかもしれないものが登場してくる。しかしこのあたりまで読み進めていれば、物語の根底に流れる不確かさの方が、既に馴染《なじ》みになっている。もしかしたらこれも、どこかに本当にあるかもしれない話と感じさせる。

『ラス・マンチャス通信』で、全編を通して感じるこの不安定な寄る辺のなさを思うとき、主人公「僕」の家族のことが思い浮かぶ。普通、安定と慈しみの源であり、主人公や姉を落ち着かせるべき場所である家庭が、この話では機能していないのだ。

いやこの家庭の存在こそが、積極的に主人公達を抜き差しならぬ状況に落とし込んでいったと、言ってもいいだろう。

安定感の欠如。それはまた、常ならぬものと並ぶ強烈さで、恐ろしさを生んでゆく。平凡な結婚をしていたはずの「姉」さえ、第四章「鬼たちの黄昏《たそがれ》」では、既に並という字とは縁のない暮らしをしているのだ。「僕」の感じる無力感と共に、話の中に何ともいえない寂寥感《せきりょうかん》を感じずにはおれない。

静かに、たくみに話は重ねられてゆき、やがて「僕」が行き着いた屋敷が、この話のラストに華を添えていた。それはおぞましい場所であるには違いないのだが、また、惹かれずにはおれない魅力を持った場所でもあったのだ。

町から離れた、明らかに怪しい不可思議な館《やかた》である。「動くと言われている大きな人形たち」、「踏み込んではいけない二階」、「会ったことのない館の主人」、「明らかに胡散臭《うさんくさ》い客たち」。禁断の域に踏み込んでしまったかのような、緊張感と幾ばくかの興奮に包まれる。

やがて「僕」が対峙《たいじ》せずにはおれない最後に向かって、話は進んでいく。何とも怪しげな展開を読者に見せながら。それでも決断は、されるのだ。

悲劇も恐ろしさも不可解さも、読む者を離さない何かを持っている。その物事を知らないままでいると、余計に不安感を引き寄せてしまうからだ。

『ラス・マンチャス通信』もまた、その独特な幻想性とリアル感で、物語に読み手を引きつける。ぜひ一読して、肌で感じる感覚を体験していただきたい。

（平山瑞穂『ラス・マンチャス通信』書評「波」二〇〇五年一月号）

『ユニオン・クラブ綺談《きだん》』に感謝

初めての単行本を出して、すぐのことだった。私は出版社から、短編を書くお話をいただいた。嬉《うれ》しかったが、問題もあった。短編は二十ページでという。私はその長さのものを、書いたことがなかったのだ。

それで、これまで世に出た作品を読み、その全体の構成などを学ばせていただこうと考えた。だがいざ捜すと、二十ページほどの短編に、なかなか行き当たらない。そのとき見つけたのが『ユニオン・クラブ綺談《きだん》』（アイザック・アシモフ）だった。

短いミステリが三十編、一冊の文庫に収録されている。その短さゆえにか、際《きわ》だってすとんと話は決着する。読者としては、たっぷりと楽しめて嬉しい。書き手としては、一冊の文庫本に込められた労力とその才の前に、ただ頭が下がるばかりだ。

私はこの短編を読み返したおかげで、一編を仕上げることができた。面白いだけでなく、大変ありがたい思い出付きの本となった。

長く読まれ続けて欲しいと思う。

（〈私の一冊〉「ミステリーズ！」二〇〇五年四月号）

話作る楽しさのとりこに

私には二つ違いの兄がいる。年の近い兄がいるというのは妹にとって、ある種面白い環境だったと思う。

戦車やサンダーバードのプラモデルで、楽しく遊んだ記憶がある。『赤毛のアン』ではなく、ポプラ社の「少年探偵・江戸川乱歩全集」を何冊か親が買ったのも、兄がおればこそのことに違いなかった。

そのシリーズ最初の一冊が、『怪人二十面相』だ。私にとってこの本が、名探偵という存在との遭遇であった。

事件が起こり謎《なぞ》があり、それを解決する名探偵がいる。そういう話を好きになったのは、この時だと思う。

とにかく夢中になった。だが一冊を読み終わったからといって、次から次へと本を買ってはもらえない。大体こちらの都合通りには、本が刊行されない。それでどうしても少年探偵の世界を楽しみたかった私は、頭の中で勝手に彼らの話をこしらえ始めた。

周りに同じく少年探偵団好きの友がいて、ちゃんと趣味にすれば、同人ということになったのだろうか。今ならインターネット経由で楽しく話して、友達と盛り上がれたかもしれない。

しかし、当時はネット社会ではなかった。側《そば》に江戸川乱歩仲間のいないまま、じきに、話を思い描くという私の楽しみは、少年探偵団だけでなくなっていった。己で思いついた妙ちきりんな話やキャラクターが、私の頭の中を徘徊《はいかい》するようになったのだ。

話を作る楽しさを覚えていったのは、このころだと思う。その後私は、漫画を描くようになり、頭の中の話の内幾つかを、紙に書き表すようになった。

思えばあの頃から、延々と長きにわたって話を書いている。そのせいか古本市などで、当時と同じ表紙の本を見つけることがあると、たまらなく懐《なつ》かしい。

（〈大好きだった　10歳で出あった本〉「少年探偵・江戸川乱歩全集」「朝日新聞」二〇〇五年九月九日）

しみじみと、ふんわりと

初めて読んだ杉浦日向子《ひなこ》さんの作品は、漫画だったと覚えています。時代小説はよく読んでいたものの、当時の私にとって、江戸時代の市井《しせい》を描いた漫画は、珍しいものでした。

読み返したおりには、描かれている江戸っ子の髷《まげ》が、随分と細くて後ろの方についているなぁとか、女の人の髷に、色々な種類があるみたいだとか、テレビで見ている時代劇との違いに、目が行きました。

しかし最初はそういったことより、作中の江戸の、ゆったりとした、そして肌に触れてくるがごとき雰囲気に、大層心地よく浸ったように思います。

それは、地上の乏しい明かりが届かぬ江戸の夜空に、煌々《こうこう》と白く光る月光の明るさを描いたようでありました。また、舗装しておらず突き固めてあるばかりなので、砂《すな》埃《ぼこり》が舞い雨でぬかるむ道の、いささか難儀な泥の感覚でもあったと思います。

その感触は、空の星が見えにくくなるほどに、明かりの絶えない夜や、水たまりの跳ね返りすら無い道に慣れてしまった今の暮らしから、どうにも遠くなってしまったものやもしれません。頭の中で思っているよりも、もっと肌感覚からは遠ざかってしまったもの。杉浦さんの漫画は、そんなものを持っている気がするのです。

そうして杉浦さんのファンとなりました私は、番組の最後の方で、杉浦さんが「おもしろ江戸ばなし」の解説をしておいでだった、NHKの「お江戸でござる」もよく見ておりました。

面白さと、いささか滑稽《こっけい》な感じの漂う、時代物の短いお芝居も面白かったのですが、やはり楽しみにしていたのは、その後杉浦さんがなさった江戸についての解説でした。

何百年か前の時代を語るそのお話は、面白かった上に、錦絵《にしきえ》やセットで形を示してあったりして、分かりやすいものでした。知っているようで知らない、江戸の頃の事実を色々聞くことができる、見逃せないひとときだったと思います。

また杉浦さんは漫画だけでなく、他にエッセイやショートストーリーなども書かれていました。一連のお話を思い浮かべるとき、真っ先に頭に浮かぶ言葉があります。

それは「美味《おい》しそう」という一言です。

文章は現代を書かれたときでも、どこか洒脱《しゃだつ》な感が漂う、すっきりとしたものでした。そこによく、何とも心惹《ひ》かれる美味しそうな一品が、ひょっこりと顔を出しているのです。

ことに酒の肴《さかな》が、目を引きましたね。杉浦さんは大層お酒に強そうだなぁ、などと勝手に思い描きつつ、己も少しは粋《いき》に飲んでみたいものだと思ったものでした。

そして作中に甘味が顔を出してくると、今度は酒の代わりに、珈琲《コーヒー》か紅茶かハーブティーが欲しくなったりします。楽しく読んでいる文章の中に甘いものが出てくると、不思議と口にしたくなったりしませんか？

そうなったら本を一時閉じて、あり合わせの甘味を、本の中の一品の代わりに出すことになります。飲み物を添えてから、またページをめくると、時間がゆったりと流れていってくれるのでした。

杉浦さんが書かれた短いお話を読むと、その話が始まる前と、終わった後に、流れてゆく長い時があるように思えたものでした。登場人物達が過ごしている、日常の別のひとこまが、浮かんでくるのです。

話の中で垣間見《かいまみ》た恋の続き。翌日出会った美味しい食べ物。先週行った面白そうな場所。一月後に見かけた、面白い出来事。そんな話をまた読みたくて、次の本に手を伸ばしていたのかもしれません。

終わって欲しくないと思える話ほど、物凄《ものすご》く早く、ラストに行き着くような思いをしたことがあります。そういうときは、終わる少し手前で、ちょっとだけ本を閉じてしまったりするのですが……先が気になるので、直《す》ぐに開けてしまって、やっぱり早々に読み終わってしまうのでした。楽しい一日だと、時間の経《た》つ速さに加速がつくのと同じです。

杉浦さんの書かれるものは、そんなお話だったように思うのです。

もう一度、そして新しい気持ちを持って時々読み返しては、一緒に時を重ねてゆく。

そんな話を書かれる方でした。

（杉浦日向子さん一周忌によせて「波」二〇〇六年七月号）

物語が終わって始まる

『動物園の鳥』を読んでいると、頭に浮かんでくる歌がある。

一青窈《ひととよう》の『もらい泣き』だ。

あの歌の一節にある、〝やさしいのは誰……〟というフレーズを聞くと、このシリーズに出てくる登場人物達のことが、思い浮かんで来たりするのだ。

『もらい泣き』の歌詞は、己が内に抱えている様々な気持ちを思い起こさせ、胸に迫ってくる。切ないような泣きたいような、感傷的な心をかき立てる。それでいて聞いた後の気持ちの奥底には、何だかほっとするものが残っていたりする。

そんなところが、著者の書く話を読んだ後と、似ているのかもしれない。つまり、情が深いのだ。感情の揺れが大きい。『動物園の鳥』に出てくる登場人物達は、多くがそうであるように思える。

そんな、人の心に強く訴える面を持つ登場人物達は、自身、心の動きが激しい。探偵役の鳥井からして、人との出会いに、大いに心を揺らしてしまう人なのだ。よって彼は、多くの人と会うのを厭《いと》う。人一倍強く物事を感じるが故《ゆえ》に、出会いがもたらす己の心の揺れを受け止め切れず、世の中との距離を感じてしまっているからだ。

その相棒たる、元同級生の坂木は、振幅の大きい鳥井を助ける役どころだ。彼は学生時代に鳥井を庇《かば》えず支えきれず、そのいじめを黙認してしまったのではないかという慚愧《ざんき》の念の故に、鳥井を部屋の外に導く役割を買って出ている。

このシリーズの登場人物達の中で、この坂木の存在というものが、大層ユニークで面白いのではないかと思う。何故《なぜ》なら、この坂木という、いわゆるミステリの中のワトスン役は、鳥井と対角を成す人物像を形成していないのだ。

登場人物を書く場合、例えばホームズがエキセントリックな面を見せていれば、ワトスンは落ち着いた、大人の顔を見せるように配置される場合が多い。片方が切れるような思考を見せれば、一方は体力的に勝っているというような具合だ。

それは場面や物語を、多面的に見るということにも繋《つな》がってゆくし、話を運びやすくもする。そうして分けていれば、わざわざ今、誰が発言し行動しているかを確認しなくとも、読者は場面を摑《つか》みやすくなる。

だが鳥井と坂木の場合、この原則が、適用されない。繊細で、人の発言で必要以上に心を痛めてしまう鳥井の守護役、相棒として配されたのは、坂木という友人だ。しかしこの相棒、一見鳥井を柔らかく受け止める存在でありながら、実は自身が、大変に細かく物事に気がつく、鳥井と似た面を持った人物なのだ。

彼は揺るぎのない大木ではない。風雪を身に染《し》みやすい鳥井と共に寒さ暑さに震える、同類の一人のように思える。そもそもそんな人物だから、鳥井の苦悩を察することが出来、友となっていったのだろう。

この関係が面白い。

そんな似たところを持った坂木故に、彼は鳥井を守りつつも、その存在に引きずられるようにも見える。坂木は己の行動、就職までをも、友との関わりを基準として決めていったのだから。

互いに深く気持ちを揺さぶられ、その揺さぶりから広がる輪の中で、お互いを包み理解し、人と知り合うことによって、物語は進んでゆくのだ。

『動物園の鳥』には、広い意味でのミステリ、謎解《なぞと》きが出てくる。日常の中で起こる種類のもので、警察や探偵などが介入してくる種類の騒ぎでは無い。

よってその話は素人《しろうと》ながらに、物事をきちんと解明できると証明しつつある、鳥井と坂木の元へやって来たりする。日常系の暗くなりすぎない謎解きとして、それは面白いものだ。

しかしこの物語では、その謎解きにおいても、何が、何故、いつ起こったかということよりも、その経過の内に見えてくる登場人物達の感情の揺れや、人物関係の中に、大きな醍醐味《だいごみ》があるように思われる。

事を解明するとき、他の人は、主人公達の思うようにばかりは、動いてくれない。そんな中で、誰がどう思うか、感じるか、怒るか、涙するか。あぶり出されてくる人間関係に、目を吸い付けられるのだ。

昨今、ニートという言葉が、流行《はや》りであるかのように多く使われている。その少し前には、引きこもりという語が、ニュースなどで数多《あまた》顔を出していた。今は人との対峙《たいじ》が苦痛な人間が増えているらしい。他人との関わりに臆《おく》し、また恐怖の感情を抱くという人は、多いのだ。

近頃ではそれだけでなく、他人を見下すという者も数を増してきているという。理由は確たるものでは無く、それは人を己より下だと見下すことによって、己の価値を上げたいという気持ちの表れだと分析する人もいる。

まるでシーソーのように見える。片方が下がれば、己の側が上がる。心の底で、それを期待しているのだ。

そうなれば、自分を肯定出来る。面倒な努力や不安と向き合わなくとも、今の己、そのままの形でいればいい。時代そのものが持っているかのような、不安やいらだちと向き合わずに済む。だから理由が無くとも、相手のシーソーを下ろしたい。何故なら、不安感を抱え続けるのはつらいから。

そんな人達が増えている中、この物語の中では、決して強いばかりでない気持ちの持ち主である鳥井と坂木には、不思議とこういった負の感情は見えていない。不安感が忍び寄って来ない。

相談されたり、偶然関わってしまった事に対処するとき、二人にはつらく感じることもあるだろう。だが、萎《な》え、折れてしまいそうには見えない。二人でいると、結構強いのだ。

それは一つには、物語に登場する鍋焼《なべや》きうどんやポトフから上がる、柔らかで美味《おい》しそうな湯気で、弱められ消されているのかもしれない。

いや、シリーズも三巻目となり、広がってきた知り合い、友達の輪の内にあって、鳥井の引きこもり加減が、実質上、大いに薄くなってきたこととも、関係があるかと思う。

『青空の卵』から始まる三部作の主人公鳥井は、〝ひきこもり探偵〟と称されている。

勿論《もちろん》始めは、天下御免の引きこもり。そしてシリーズが進んで行っても、鳥井が会社へ勤め始めた訳では無く、坂木を必要とする度合が減った訳でもない。相も変わらず、人間関係は苦痛を運ぶことも多い。

しかし。気がつけば坂木達は多くの仲間に囲まれているのだった。鳥井の柚茶《ゆずちゃ》や鍋焼きうどん、ジャガイモ料理を楽しみにしてくれる、気心の知れた知り合いが増えている。特に年齢の大きく違う、年配の友人が出来、また親しい友の輪が広がっていくところなど、閉塞《へいそく》気味な今の世の中では、羨《うらや》ましいと思われるような状態かも知れない。

我《わ》が儘《まま》を言っても、いちいち離れていくことを心配しないでもよい友達。年配で、人生のことを聞け、話せる友達。たまに会うのに、久しぶりだという気遣いの要らない友。気兼ねなく、家に招き、招かれることの出来る付き合い。彼らは減ることはなく、鳥井と坂木の回りに、その数を増やしてゆく。

こういうしみじみ良いと思われる人の輪が、このシリーズの大きな魅力となっている気がする。話が進んで行くに連れ、友の輪は人付き合いに安定感と安心感をもたらしてゆく。

それは坂木に、鳥井に対し、今まで特別だった己の存在感への心細さを、一瞬でも思わせる程のものだ。願って待っていたことであろうに、今の関係の変化をもたらすものでもある。

先々、どうなるのかと、つい心配になる。

それはシリーズ全体にも言えることであった。登場する友達は、簡単にはどこかへ消えたりはしない。それは登場人物と親しくなった読み手としては、嬉《うれ》しい話だ。

だがどこまでも人数が増えたら、皆を登場させるのが大変だろうと、妙な心配をしたりする。読み手にそんな気遣いをさせる柔らかな雰囲気が、この物語にはある。

私は引きこもりでは無いが、日々せっせと働く中、なかなか水の波紋が広がるように、友達の関係が広がるとはいかない。昨今はPCで、顔を知らない友を数多作る機会もある。だが鳥井達の関係は、それより人数は少ないかもしれないが、ぐっと濃密なもののように思える。

読者は、このシリーズを読んで楽しむだけでなく、登場人物達が作る、あの優しい関係の仲間となるのが、心地よいのではないか。坂木と、同名の作者は、鳥井に対してだけでなく、日だまりのような場を差し出してくれたのだと思う。

シリーズは一旦《いったん》終わっている。だが、物語は終わったところで、先に向かって踏み出している。始まっているのだ。

それ故に、また出会うこともあるかと、期待してしまう。そうなったなら、嬉しいものだと思う。

(坂木司『動物園の鳥』解説　創元推理文庫二〇〇六年十月刊)

名作基に新たな世界

この本は、名作を話の基として使っている。中にはかつて教科書で読んだものもあったから、かなりの人は、使われている話を、知っているのではないかと思う。そして森見氏は、その名作をぱくっと飲み込み、うごうごと咀嚼《そしゃく》した上でぽんと紙の上に書き出し、『新釈　走れメロス』として生み出した。作者による、新しい世界が誕生した訳だ。

馴染《なじ》み深き作品たちは、森見氏なりの、森見氏の作品として、こりゃあ元々、森見氏の作品ではないかと思える程に、生まれ変わっている。

故《ゆえ》に、そのタイトルが見慣れたものだからといって、本の内に広がっているのが、いつもの世界だと思ってはいけない。

読んでいくと、馴染みの町で、ふと、一度も通ったことのない道に迷い込んだような、そんな感覚に捕らわれるのだ。

知っているはずなのに知らない世界。惑うと共に、何とはなしに新鮮で、面白い。そんな心持ちに近いものを感じるかもしれない。

それにしても、この本を読んでいると、森見氏にちょいと尋ねてみたいことが出てくる。

例えば本のタイトルにもなっている一編、新釈「走れメロス」についてだ。

著者が冒頭に書いているように、『走れメロス』は太宰治が書いた、〝健康で明朗〟な作品だ。親が、数多《あまた》の小学生に読ませたいお話であろう。

そんな話が森見氏の手にかかると、物語はいきなり京都に場所を移す。怪しげなる学生たちが町を闊歩《かっぽ》し、麗《うるわ》しの女学生はただ優しいだけの淑女ではないときている。

そして氏は、この友情物語のど真ん中に、桃色ブリーフなる物体を出現させるという、偉業をなし得ているのだ。

なんでまた、京都と大学生と桃色ブリーフなのか！　いい加減、元の世界と離れてしまいそうなものだが、それでも森見氏の新釈「走れメロス」にも、ある種爽快《そうかい》で、〝健康で明朗〟なところがある。著者の筆のなせるところだろう。

ところで、この本には5本の短編が並んでいるのだが、読んでいると、それぞれの元の話を読み返したくなってくる。

元の話を随分と前に読んでいるせいだけではないだろう。つい、比べたくなる話なのだ。

もしたまたま読んでいないものがあったら、『新釈　走れメロス』を読んでから、元の話を読むのも面白いかもしれない。楽しい時が過ごせる一冊だと思う。

（〈旬を読む〉森見登美彦『新釈　走れメロス　他四篇』「産経新聞」二〇〇七年三月二十六日）

妖《あやかし》との出合い。

江戸時代を舞台とする私の作品『しゃばけ』には、妖が出てまいります。

この話を書こうと思い立ち、それには妖の存在が欠かせぬと決めた後、まず手に取ったのが、『鳥山石燕《とりやませきえん》　画図百鬼夜行』(国書刊行会)という本でした。

この本には、江戸時代の安永五(一七七六)年から天明四(一七八四)年にかけて刊行された、妖について書かれた本が収録されています。『画図百鬼夜行』『今昔画図続百鬼』『今昔百鬼拾遺』『百器徒然袋《つれづれぶくろ》』という四冊で、それぞれに、現代の言葉で解説が付けられております。

『しゃばけ』を書いたとき、登場する妖は江戸の頃、そこで暮らしていた人達が実際馴染《なじ》みであった面々を、是非出したいと思いました。ですから、江戸期に本が出されたのがはっきりとしていて、絵画がある故《ゆえ》に描写をしやすい『画図百鬼夜行』は、私にとって大変ありがたい一冊となりました。

この本の中の四冊の内、最初の一冊『画図百鬼夜行』が江戸で出されてから、最後の『百器徒然袋』が出版されるまで、八年の時が経《た》っています。これはきっと、最初の一冊が高評だった故、次作を作っていったので、間が空いたのでしょう。つまり江戸の頃も半ばも過ぎたるこの時期、巷《ちまた》では妖が流行《はや》っていたのであろうと推測されます。

お江戸で妖の本が売れたのは、どういう訳があったのでしょうか。

同じように妖が流行っていても、お江戸と現代とでは暮らしが違います。諸事変わっている中で、一番目に付きやすい今昔の違いといえば、夜の明るさではないかと思います。

人間、真の闇《やみ》では、目の前を黒の壁に塞《ふさ》がれたかのごとくで、却《かえ》って恐れるものを見ることが出来ません。さりとて今の世の照明のように、余りに隅々まで照らすと、妖たちがちょいと顔を覗《のぞ》かせる為《ため》の暗がりが消えてしまいます。

その点江戸の頃というのは、蠟燭《ろうそく》の明かりが行灯《あんどん》の中で揺らめき、まさに妖にはうってつけの暗さであったようなのです。人達がいる部屋の中程には、行灯の柔らかい明かりが、闇を押しのけている。だがその強くない明かりが途切れた先には、目を凝らしてもはっきりとは見えぬ、闇が広がっていたのでした。

そこでは家内の雑器ですら、何やら曰《いわ》くありげな様子をしていたに、違いありません。『画図百鬼夜行』の内では、乳鉢が坊主《ぼうず》となり立ち上がっています。部屋に置かれた小袖《こそで》からは、儚《はかな》いような手だけが、風になびくかのように出ているのです。絵から見て取れる怪異の中には、山の彼方《かなた》や竜宮などで起こることだけではなく、日常の中に起こる怪異や不可思議が含まれています。江戸に住む人々にとって、絵の中にある不思議は、今己がいる部屋の内にもあるもの、馴染みの道端に潜むものであったことを思わせます。

ところで、この『画図百鬼夜行』を見ていましたとき、中に出てくる妖たちを、幾つかの群に分けることが出来るのに気が付きました。一つ目は、世間で妖といえばこれという感じの、恐ろしい妖たちです。人を食い火事を起こし祟《たた》る。そして腕に覚えのヒーローに、狩られる者達でもあります。

これは本の中で、人達の恐れが固まったかのような恐ろしげな絵で描かれており、口に出し切れない人々の恐怖を画図で示しているかのように見えます。

もう一つには、祟りと言うほどではない、いささかユーモラスな妖の一群。「目競《めくらべ》」など、確かに髑髏《どくろ》の一群が目の前に来たら怖いでしょうが……この妖、入道殿に睨《にら》まれたら消えてしまいます。「ふらり火」など、空をふらりふらりと浮遊する怪異なのだそうですが、出会っても肝が太い人だと、珍しがるだけで、恐れを抱くまではいかないやもしれません。

『画図百鬼夜行』には更に、もっと恐怖から遠い妖たちも、数多《あまた》出てきます。例えば「しゃばけ」シリーズに出てくる「鳴家《やなり》」という妖は、元はこの本に出てくる「鳴屋《やなり》」から取ったもの。この鳴家たちは顔は恐ろしいのですが、何をするかといえば家をぎしぎしと軋《きし》ませるのみ。やることはそれだけなのです。

「幽谷響《やまびこ》」という妖は、山谷堂塔などで、人の声に応じて響くものという記述があります。つまり声を掛けられたら声を返すだけで、より自然の一部に近い感じです。

この力の入らないユーモラスな妖の一団を見ると、妖が人と共に、日々の暮らしの中にあったことを示しているようで、とても癒《いや》されます。一見恐ろしげな絵であっても、何とはなしに馴染みの誰かといるような、そんな気持ちが湧《わ》いてくるのです。

まるで妖が隣人たる者のようで。そう思えるのが江戸の妖本の、面白いところではないかと思ったりいたします。

（〈この江戸本が面白い。〉『鳥山石燕 画図百鬼夜行』「東京人」二〇〇七年十一月号）

『ひなのころ』によせて

『ひなのころ』には、風美《ふみ》という少女の、四歳、十一歳、十五歳、十七歳の頃の時間が切り取られていました。

成長を続ける少女と共にある連作であり、また読み進め時を追ってゆく内に、一本の長編のようにも読める作りの話になっています。

風美を取り巻く環境や、その家族、家の造りや周囲の人々は、とてもリアルで、「ああ、こういうこと、かつてあった」とか、「こういう人、いるよね」と、思わず頷《うなず》くようなエピソードが、多く語られていました。

自分自身が体験したことではないと分かっていても、何故《なぜ》だか感じる懐《なつ》かしさとでも言いましょうか。何か、手で触っているような、目で見ているような、そんな確かさが行間から浮かんでくるのです。

そして『ひなのころ』には、この現実感と共に、もう一つ、特徴的な要素が加わります。風美の暮らしの中に、ファンタスティックな状況が加味されているのです。そのエピソードは不思議を伴うので、大人になるとファンタジーと呼ぶものの内に、入れてしまう類《たぐい》の話かもしれません。

しかし、字にしてしまうとファンタスティックな出来事に思えても、そっと自分の心の内に聞いてみれば、似たような出来事を、小さかった頃に体験した覚えがあるように思えます。風美の体験は、そんな懐かしささえ感じさせることなのです。

例えば幼い風美が、静まりかえった家の内で、おひな様達と出会い、話を交わす場面がありました。

それは一見とても幻想的な一場面でありました。そしてなおかつ、「ああ、この少女なら、素直な幼い子供なら、こんな場面に出会ってもおかしくない」と思うような、まるで見たような気持ちにさせてくれるシーンでもありました。

それはただの可愛《かわい》いおとぎ話ではなく、風美にとって、毎日の一部と同じ体験感、そして一生懸命に乗り越えてゆくべきものを含んでいたようにも思えました。可愛いお人形との出会いは、癒されて終わりという話ではないように感じられたのです。

『ひなのころ』の全編をとおして、時々現れるこうした不思議な経験には、そこに存在するかのような、しっかりとした現実感と、それと相対するにもかかわらず、すんなりと得心できる幻想性が、溶け込んでいます。粕谷《かすや》さんの他の著作、『アマゾニア』でも感じられたことでしたが、現実に体験しているわけではない作中の出来事が、今そこにあり、起こっているように思われるのです。

そしてもう一つ。『ひなのころ』を読んでいて大きく感じられたものに、家族の存在がありました。祖母と風美、弟と風美、風美と両親の関係は、時間の経過と共にはっきりと変化をしており、それが、この物語の魅力の一つとなって、読む側の心を摑《つか》んでくるのです。

最初、家族の中の一員としての風美から感じられたのは、いささか寂しい心でした。それは弟が病弱であることにより、母にかまってもらえなかった故《ゆえ》であり、祖母にただ甘えていることが出来なかった為《ため》でもあるように思えます。

ですが風美と家族の関係は、風美が大きくなってくるに従って、その見せる形を変えていきます。ただ守られるべき幼子が、互いの心を斟酌《しんしゃく》出来る年頃になり、やがて対等ともいえる話し相手になり、その先に、家族を守る立場になることを示してゆくのです。

幼い頃、病院に行ってばかりで会話すら出てこない弟は、物語が進む内に、やがて風美に生意気なことを言ったりして、男の顔を見せてきます。

風美が体験した不可思議と似た体験をしていたらしい弟は、確かな血のつながりを感じさせる、暮らしを共にする「家族」なのでした。

そして「月の夜……風美　十五歳の秋」で、風美は両親の関係にも、己なりの言葉を言う、大人としての一面を見せるようになっていきます。まだ子供の部分もあって、いささか……かなり危なっかしいのではありますが、それでも変わってゆくのです。

祖母と風美との関係は、ことに心を揺さぶるものでありました。祖母は最初、風美にとってなくてはならない、庇護者《ひごしゃ》として登場します。風美は家の内にあるトイレに行くときですら、共に行って欲しくて祖母の姿を探す子供でした。

それから風美はだんだんと強く育ってゆき、祖母は静かに老いていきます。「年越しの夜……風美　十七歳の冬」では、風美は虚弱であった弟と共に、守られる立場となった祖母を庇護するようになっているのです。

弱者と庇護者の逆転。時の経過を、ずんと心の内に響かせるようなエピソードでした。

風美と家族の関係を、風美の成長と共に辿《たど》ると、家族というものが、ただ有りがたいだけの存在ではないことが感じられます。一番近しい故に、時には煩《わずら》わしく、思うようにいかない事も多い人達なのです。

でもその人達の、何と大事に思えることでしょう。そんな気持ちが様々な煩わしさを越え、風美の周りにしっかりと見えるのです。大切なものがあるのはいい。素直にそう思える話でした。

（粕谷知世《ちせ》『ひなのころ』解説　中公文庫二〇〇八年二月刊）

こんな時代小説を読んできました

時代小説は、いにしえを一時、読者に運んできてくれる。

それは眉目秀麗《びもくしゅうれい》な剣士による、目にも鮮やかな立ち回りであったり、忠義の士の心意気だったりする。また時には、華やかさとは無縁の長屋の一隅で起きた、じんわりと身に染《し》みる一幕を見せてくれるときもある。

そういう時代小説の中で、好きな一編は何かと問われると迷う。「なめくじ長屋捕物さわぎ」シリーズのセンセーには惚《ほ》れているし、「鬼平犯科帳」や「御宿かわせみ」などには、勝手に、長き年月を共に過ごしてきた相手のように感じている。

そんな中で、時代小説について書こうと思ったとき、最初に思い浮かんだ本は、『初ものがたり』だった。宮部みゆき氏の連作短編集だ。

時代小説には、心の底に染《し》み入り、また掻《か》きむしるような、大きなテーマを持った長編がある。確かにそういう一編は、長い話であるが故《ゆえ》に、より重く響いてきたりする。

では何故《なぜ》『初ものがたり』という連作短編集が、一番に思い浮かんだのか。直《す》ぐに言葉が出てこず、己の心の底をひょいと覗《のぞ》き込んでみた。すると、心地よい感覚が、そこにはあったのだ。

江戸という時の、物語の地にいるかのような感覚がする。声が、長屋の壁に響いているように思えた。行灯《あんどん》の淡い明かりを受け、夜、主人公達の影が壁に映っている光景が、見えるかのようだ。屋台店へ近寄ってゆけば、ふわっと立ちのぼる暖かな湯気の向こうから、美味《おい》しそうな匂《にお》いがしていて、鼻をくすぐるのだ。

ああ、この感覚が好きなのだと思った。自分も着物を着て、蒼《あお》い月の下、主人公が顔を出した店へ、行けるかのような気がするではないか。屋台のおやじの声が、己にも聞こえてくるようだ。

話の中に入り、触って、話して、歩ける感覚。それが楽しくて、話の中にのめり込んでゆく。

自分で話を書くときも、こういう感覚を持てるようなものに出来たらいいなと思う。それは時代物でも、現代物を書くときでも同じだ。例えば冬なら、午後のやや黄色い、暖かい日差しが感じられる文が書けたらと、暮れるのが早くなった空を見ながら、考えたりするのだ。

（〈時代小説が、いま元気だ！〉宮部みゆき『初ものがたり』「小説すばる」二〇〇九年二月号）

思い出の映画『ショーシャンクの空に』

映画のことを話題にしていたとき、イギリス人の知り合いが、この作品を一言〝hopeful〟と評したのをよく憶《おぼ》えている。

『ショーシャンクの空に』

一九九四年のアメリカ映画だ。それは実にぴったりと心に添う感想だったし、この作品から感じる、浅い春の中の日差しのような気持ちをよく表した言葉だと思った。

しかし、である。

私がこの話の主人公と同じ経験をたどったとする。その上でいきさつを知った人からまことに〝hopeful〟な思いを持った、などと言われたら。きっと真《ま》っ直《す》ぐにその人の目を見つめ返して、五秒ほど黙るかもしれない。

主人公アンディは妻を殺され、その罪を着せられて終身刑となる。それから十九年間も塀の中に閉じ込められた上に、結局その汚名がすすがれることはない。きびしさと理不尽さがちりばめられた人生だ。

それは、はるかに軽くて比べ物にならないとはいえ、毎日、会社や学校や地域社会で大なり小なり表れる、どうにもならない現実の影をまとって、見る者の心を主人公に引きつける。消えることのないうんざりした日々をおくる彼に、自分の体験を重ねるからなのだろうか。

そんな話の展開の中で、忘れられない一場面がある。囚人が屋根の修理作業をするとき、主人公がその経理の才を生かして、ビールを看守から獲得するシーンだ。酒で失敗している彼は、手に入れた飛び切りの一品に手をつけない。ただ友らがうれしそうに飲んでいるのを、静かに幸福そうな微笑《ほほえ》みで見ているのだ。

安らぎを求めたのだろうと彼の友人は察しをつける。そしてその件で、主人公の運命が劇的に変わることは無い。彼にはそれからもいくつもの試練が待ちかまえていて、ふつうの人と同じように打ちのめされ、「必死に生きるか、必死に死ぬか」という言葉をはきながら、何とか前を向いて生き延びていくのだ。

しかしどんな状況の中でも、彼にとって希望は永遠の命なのだ。その心は彼に笑みをもたらすだけでなく、寄せては返す波のように、友人に暖かいものを送り、また彼のところに返ってくる。

人として、自分をあの主人公のように高く保っていける自信はまったくない。希望というものは不確定、不安という字と背中合わせで、持ち続けるのに、しゃんと背筋を伸ばした態度を要求するものだからだ。

平素、つい気弱になり愚痴をこぼし、自分のせいではないとらちもない言葉を連ねる。聞いてくれる友人には感謝するけれど、情けないなぁと自分で思うことが多い私だ。

そんな風であるがゆえに、希望がもたらされた時、心が震えるほど嬉《うれ》しい。それは自分もその波を届ける一人になれたらと、願わずにはおれないものだ。

だからこの映画を見るとき、話の内に引かれて止《や》まないものを感じるのだろう。色に喩《たと》えるなら、春の日ざしの下の明るい青。それが『ショーシャンクの空に』の中にある明日への色だと思うのだ。

（「小説現代」二〇〇二年三月号）

27年…思い出重ねて感慨

10代で見た映画として、この作品をまず思いだしたのは、最近公開された『スター・ウォーズ　エピソードⅢ　シスの復讐《ふくしゅう》』を見たからだと思う。映画を見終わったとき、話がエピソードⅣへ、くるりと繋《つな》がった。感慨深い一瞬であった。

私は78年の公開時から見始めた口なので、エピソードⅣⅤⅥⅠⅡⅢという順序で映画を見ている。ずっと楽しんで見てきたとはいえ、熱烈なファンでは無かったし、研究家でもコレクターでもない。

だが、それでもこの映画に深い感慨を持つのは、エピソードⅣが公開されてから、05年、話の輪が繋がるまでに、27年の時間が流れていたからだ。

私が『スター・ウォーズ』（Ⅳ）「新たなる希望」を見たのは、19歳のことだ。確か初めて漫画の賞に、己の作品を投稿した年だった。箸《はし》にも棒にも掛からず落選した。『帝国の逆襲』（Ⅴ）を見た年には既に働いており、『ジェダイの帰還』（Ⅵ）の年には、漫画家になりたくて、東京でアシスタントをしていた。『ファントム・メナス』(Ⅰ)、『クローンの攻撃』(Ⅱ)、『シスの復讐』と見ていく間に時は経《た》ち、せっせと漫画を描いていた毎日は、小説を書いていく日々に変わった。

きっと『スター・ウォーズ』を見てきた他の人たちにも、それぞれの時間があったに違いない。就職、喧嘩《けんか》、友や恋人との出会い。結婚したり、親となったりした人も多いだろう。

まさに忘れることの出来ない時間が伴奏しているような映画であった。その時間が、今年一つの区切りをつけた。27年間と思うと、今更ながらに長い。でも短くも感じたのだ。

(〈大好きだった〉19歳で出あった映画「スター・ウォーズ」「朝日新聞」二〇〇五年九月二日)

浮かぶのは星の降る夜

たまにBGMにどんなCDを掛けているのかと、聞かれることがある。そんな時、ちょっと返答に困る。興に乗って書いているときほど、BGMは掛けないからだ。音楽が嫌いな訳ではないが、特に日本語の曲を、書いている最中に聴くのは苦手だ。いつの間にやら、その歌詞に引っ張られ、注意が曲に向いてしまうのだ。

それでは仕事がはかどらないので、困った私は考える。BGMが欲しい。その方が効率が上がるとよく聞くし、気分もいいに違いない。ならば外国の曲か、器楽曲などを掛けてはどうか。というわけで、一枚を選んで掛けてみる。エンヤの『ペイント・ザ・スカイ・ウィズ・スターズ〜ザ・ベスト・オブ・エンヤ』だ。

CDには満天の星空の下、ペンキと刷毛《はけ》を持って立つ女性の姿の写真が添えられているが、まさにアルバムのイメージそのものだ。

エンヤの声を聴いていると、降るほど流れ星が見られるという流星群が来た夜に、花の咲き乱れた庭に立っているような気持ちになれる。その庭で、音に染められていく心持ちがするのだ。

それは私に、かつてリュックを背負いながら旅したヨーロッパの庭を思い起こさせる。煉瓦《れんが》塀脇《べいわき》の木に咲いていた真っ青な花は、星の光の下でどんな色に見えるのだろうか。音はやがて色鮮やかな真昼の庭を連想させる。百合《ゆり》の香りすらしてきそうだ。しばらく旅行に行っていない。行きたいな。『秘密の花園』に出てくるような、鍵《かぎ》のかかる庭を見てみたい……。

連想がその辺りにきたところで、眉間《みけん》に皺《しわ》が寄る。体を真《ま》っ直《す》ぐにしパソコン画面に向き合ってみれば、今回も仕事は全く進んでいない。

仕事中の音楽は、私の暴走する頭には向いていないのではないかと、渋々考える。特に締め切りが目の前に来ている時には、CDを掛ける前に、ようく考えた方が良さそうだ。

こそくにも作業効率を考えたのがいけなかったのだろうか。やはり私は音楽を、ゆったり楽しめるときに聴いた方がよいのかもしれない。

（〈作家が音楽に触れるとき〉「ダ・ヴィンチ」二〇〇四年七月号）

オペラ座の怪人

最近、同じタイトルの映画が封切られたこともあり、ミュージカル『オペラ座の怪人』のCDを買った時のことを思いだした。私はそのCDを、イギリスはロンドンの古い劇場、ハー・マジェスティーズ・シアターで手に入れた。

友達と三人で行った貧乏旅行の途中のことで、もう随分と前の話になる。元々バックパックを背負っての、切りつめた予算の旅行だった上に、ロンドンに行き着いたのは、既に二週間ほどイタリアをほっつき歩いた後だった。おかげで所持金は大分、心細いものになっていた。

芝居好きの二人の連れは、ロンドンに行くからには『オペラ座の怪人』を是非とも見たいと思っていたらしく、ちゃんと予算を取ってあった。しかしその時私は、一人別行動をすることにして、ミュージカルへは行かなかった。さほどの興味を、持っていなかったのだ。

ところが、『オペラ座の怪人』を見てきた日、友二人は翌日もう一度、見に行くと言いだしたのだ。どうやらそれ程に、お気に召したらしい。そして二人は私も見に行くよう、強く勧めてきた。見逃すべきではないと言う。

そこまでのものならば、残金から土産予算を減らし、行くしかないではないか。かくて昼食はサンドイッチを、公園の白鳥や鴨《かも》と分け合っていた貧乏旅行の途中で、突然劇場に出かけることとなった。

その日のミュージカルの感想は、どうだったかと言うと……私は誘ってくれた友達に感謝をしつつ、劇場内で売られていた二枚組のCDを買っていた。頭の中にはミュージカルで聴いたばかりの曲が、エンドレスで鳴り渡っていた。他にもミュージカルを見たことはあったが、曲が頭から離れなくなったのは、初めてのことだ。私は、なけなしのお金をかき集め、衝動買いにはしったのだ。

別のもっと良い席にいた友人と会うと、彼女もしっかりとCDを手にしていた。そして買わずにはいられなかった心境を、お互い大いに納得したのだった。

『オペラ座の怪人』のCDを聴くと、今でもあの日のミュージカルが思い浮かぶ。旅の途中、大変なこともあったのに、音楽は何故《なぜ》だか楽しかった思い出ばかりを思い起こさせる。幸せな出費だったと、今でも思う。

（〈ミュージック・オン・マイ・マインド〉「小説現代」二〇〇五年三月号）

あこがれと劣等感の青春

カーペンターズの曲を初めて買ったのは、確か中学二年生の時だったと思う。当時はCDではなくLPレコードであった。

最初にカーペンターズを好きになっていたのは、私では無く同じクラスの友人であった。私よりも成績が良く、スポーツはぐっと上手《うま》く、人当たりは比べものにならないくらい良い友達。彼女はあの軽快で瑞々《みずみず》しいカーペンターズのポップスと、何となく似ていた。

当時の私は、凡百のティーンエージャーの一人たる資格を、目一杯備えていた。己に自信がない。成績でも誇れるほど突き抜けたものがない。無いものを数えあげていくと、自己不信の山が出来そうであった。

唯一《ゆいいつ》、話作りが楽しい、漫画が好きだということは既に自覚していた。だが己は、生まれつき神様から絵の才能を頂いた者では無い。それも分かっていた。

そういうネガティブな方向の自覚にだけ、変に鋭いのだから始末が悪かった。

私は当時、カーペンターズの音楽が好きだったくせに、ある種の距離感をも感じていた。それは、何事に付け軽々とこなしているように見える友に感じていたのと、似た感覚だった。

あこがれと劣等感とやけくそ！　そんなものだったかもしれない。

カレン・カーペンターはその後拒食症から体調を崩し、32歳の若さで心臓発作を起こし亡《な》くなっている。以来曲を聴いたときに思うことが少し変わった。

思い描いていたスターのイメージは、生まれつき恵まれた才を持つ人物だということだ。よく知らぬのにそう決めつけたのは、きっとそう思うと、自分が楽に感じたからだろう。

今でもカーペンターズの曲は、私の頭の中に中学生の時間を連れてくる。己の問題ばかりに目が行っていた時であったと思う。

（〈大好きだった〉14歳で出あった音楽「カーペンターズ」「朝日新聞」二〇〇五年九月十六日）

サイモン&ガーファンクル『水曜の朝、午前3時』

私がロックというジャンルを意識して聴いた最初の一枚は、ビートルズのアルバムだったように覚えている。

それは私が買った一枚ではなく、二つ年上である兄の持ち物だった。赤と青の二枚組のアルバムには、林檎《りんご》が描かれていたように記憶している。

だが、私がビートルズに夢中になることは無かった。なぜなら、かの有名なグループはその時点で、既に解散していたからだ。兄の二枚組のアルバムは、解散後に出されたベストアルバムのようなものであったらしい。

ファンになるには時遅し。おまけに私が子供の頃は、ロックのようなものに夢中になるということは、少々後ろめたい気持ちを伴うことであった。

それは例えば、宿題を放って漫画を読んだり、ストリートでダンスにはまるのと似ていた。真面目《まじめ》ではないと言われると、どきどきと心臓が早く打つ。罪悪感を伴うと、快楽はいや増す。そんなものだったのではなかろうか。

今の世、子供の描く漫画が上手《うま》ければ、そのコミックで世界へ打って出て、一財産を築く夢を見る親だとていよう。子供のダンスが素敵だと言われれば、親の方から芸能プロダクションへ売り込みに行きかねない。

だが当時ロックにのめり込むことは、褒め言葉とは無縁の感があった。なれば若い者は正しく、それにのめり込まねばならなかった。駄目と言われると、意地でもやってみたくなる、あの感じである。若くある者は皆、素直でばかりいてはいけないのだ。

さて、私も無事に、そういったのめり込むべき音楽に接したは良かったが、どうも音感と主義主張がひねくれていたらしい。イーグルスの『ホテル・カリフォルニア』なども好きであったくせに、私が自分で買ったのは、フォーク・ロックとか、ロック・ポップスと呼ばれる一枚になった。

どうもロックというと、激しいリズムとか、インパクトのあるものというイメージが、私の中にあったようなのだ。そんな中で、サイモン&ガーファンクルの声と出会い、その染《し》み入るばかりの歌声の美しさを耳にして、身の底にあったひねくれ根性が、深く揺さぶられたのだ。

『アイ・アム・ア・ロック』『明日に架ける橋』など、私のロックへの勝手なイメージを壊した作品は、大のお気に入りとなった。
私は何につけ、長い時間を共にしてくれるものを好む傾向にある。勿論《もちろん》、何かを好きになった時点において、それが先々まで残るかどうかは分からない。サイモン&ガーファンクルというグループもビートルズと同じく、既に残ってはいない。だが彼らの歌は今も、様々な媒体から流れ出てくる。何気ない日常の中に顔を出す。アルバム『水曜の朝、午前3時』の中の曲は、きっと私が墓の中に入っても、どこかで聞こえているような気がしている。

（〈ロックは大人の楽しみ〉最愛のミュージシャン、至上のアルバム「小説新潮」二〇〇七年九月号）

伊勢《いせ》　虎屋《とらや》ういろ「ういろ」

小さい頃、名古屋に住んでいた私は、よく、ういろうを食べました。もっちりとした三角形のお菓子。あの頃はごく普通にある品だと思ってたんですが、結構地方色豊かなものみたいです。東京に来てから、虎屋ういろというお店を見つけて、時々買うようになりました。なつかしい舌触りで、ほんのり上品な味わいは、飽きが来ません。夏の限定品は「七夕ういろ」。ちりばめられた栗《くり》が星の代わり。夏に二週間だけ会える品です。

（〈真夏に食べたい！　クールスウィーツ〉「オール讀物」二〇〇四年八月号）

孔子の故郷・曲阜《きょくふ》で　孔府宴と西太后の朝食を喰らう

はじまり、はじまり

旅のきっかけは、思わぬところに転がっているものだ。ある日人に誘われ、〝チャイナハウス龍口酒家《ロンコウチュウチャ》〟という店に、中華料理を食べに行った。そしてそのチャイナハウスがご縁で、私は、はるか中国に行くことになったのだった。

チャイナハウスは、気さくな感じの店だ。東京の京王新線、幡《はた》ヶ谷《や》駅近くにあり、石橋さんというスマートなマスターが、日々美味《おい》しい料理を作っている。この店にはメニューがなくて、客がストップをかけるまで、その日入った食材を使った様々な料理が出続けるのが特徴だ。

料理は野菜中心で食べやすいし、化学調味料なし、ニンニクなしで、大変食が進む。店の名物は、豚の角煮や鶏の蒸しものだ。あと八宝湯という、八種類の木の実や朝鮮人参《にんじん》などを入れた鶏のスープの料理も、マスターのお薦めだ。

料理をいただいているとき、マスターと行く、中国への爆食ツアーの話が出た。料理と文化のルーツを尋ね、豪華な宴席料理を食べに行くという企画だ。孔子の子孫、孔家に伝わる宴席料理『孔府宴』と、『西太后の朝食』を再現、食べようというのだ。全部で百二十品目以上、料理が出るらしい。

マスターの石橋さんは、食べ物が大好き。そしてチャイナハウスのお客さんたちも、勿論《もちろん》食べるのが好きな人々だ。孔子の古里で美味しいものを食べようとマスターが声をかけたら、ぱっと四十人近い人が集まった。

中国爆食ツアーは二回目で、常連さんの中には、前回参加したメンバーもいるという。そのツアーでは、日本ではあまりお目にかからない、珍しい食材が出たと聞いた。例えばオオサンショウウオの蒸しものや熊の掌《て》、ハクビシンなどの珍獣だ。私はその食事体験を聞いただけで、驚いて目を丸くしていた。ところが、どういう運の巡り合わせか、今回行われるツアーに、私も混ぜてもらうことになったのだ。

さてさて、大丈夫だろうか。聞けば毎食、何十品もの料理を食べるらしい。私に食べられるだろうか。

しかし知らないものに触れたい、食べてみたいという好奇心は、人のDNAに組み込まれているみたいだ。すみません、参加させて下さい、というわけで、見たこともないほどの料理の山へ、チャレンジとなった。

三時間、六時間

成田から飛行機で飛んだ先は青島《チンタオ》で、実質、三時間ほどで着く。思ったより中国は近かった。青島空港はまだ新しく、建物が曲線を描いていて、なかなか格好がいい。今回の爆食ツアーで、特別な宴を開いて下さるホテルは、曲阜という街にあり、青島からバスで移動となった。

曲阜は地図で見ると、ぽっちりしか離れておらず、青島のすぐ側《そば》にあるように見える。しかし私はすぐに、中国は広いんだー、という事実を、体験により実感することとなった。青島から曲阜まで、バスで実に六時間ほどもかかったのだ。

立派な高速道路を、ただひたすらに、単調に、バスで突っ走ってゆく。道路沿いには若い木がたくさん植林されていた。しかも一列ではなく、けっこう厚みのある植え方なので、木が大きく育った場所では、遠くの風景が見えなくなっていた。

途中何度か、ドライブインで休憩を取る。果物を売る行商のおばちゃんがいて、つぶれたような面白い形の桃を売っていた。

うーんと思ったのがトイレで、壊れていたり、流れなかったり。日本でも以前は、ドライブインのトイレは、ひどかった。道路は先に出来るが、こういったもののインフラが整備されるのは、一番後になるのだろう。

途中お弁当も出たが、これには食の進まない人も多い。本番は夜からなのだ。数時間後、やっと曲阜の街に入る。街としては大きい方ではないだろうが、それでも道は幅広く、遥《はる》か先まで真《ま》っ直《す》ぐに通っている。やはり日本とは、規模が違う感じだ。広くて、細々していない。

町並みは、古さと新しさが混じったものだった。その中をバスで抜けて、料理をいただく孔府飯店へ到着する。ホテルで二泊して、その間に特別宴会料理を堪能《たんのう》するわけだ。

正面入り口前には、赤をメインにした大きなアーチが作られ、歓迎日本朋友《ほうゆう》等の文字が書かれていた。鐘や楽器の演奏で出迎えられたのには、かなり驚く。この気合いならば、派手な演出にふさわしい料理が出るに違いない。さあこれから、初めて体験する〝孔府宴〟との遭遇だ。

ちなみにこの宴では、男性はネクタイ、ジャケット等を着用する決まりだ。女性はそれに準じた服となる。一旦《いったん》ホテルの部屋に入って着替えとなった。

食べるぞー、というわけで、私はウエストの苦しくないワンピースを選択。一階宴会場に行くと、部屋は中国風にはっきりとした華やかな色で飾り付けられていた。天井には十四個の、真っ赤なお化けカボチャに似た飾り付けが下がっている。

今回のような宴には、歌舞音曲がついているものらしい。その為《ため》のスペースが部屋の脇《わき》にあった。三つの丸テーブルには、赤い布の上に真っ白なクロスが掛けられている。椅子《いす》も赤で、背に華やかな真っ黄色のリボンが結ばれていた。そして給仕をする、赤いチャイナドレスを着た娘さんたちが六、七人ほど、宴の準備をしている。皆、素晴らしくスタイルが良く、きりりと髪をまとめて素敵だ。

中華料理は美容と体型に良いのかもしれないと、ふと浮かぶ。しかし……合計百二十品以上も食べにきて、瘦《や》せることはありえないか。ちょっと苦笑い。

テーブル中央には、野菜で作った大きな細工物が、皿に載せられていた。目の前に置いてあったのは、龍《りゅう》と天翔《あまか》ける馬だった。カボチャで出来ている。この宴会料理を作る料理人さんの細工だという。料理人になるには、彫刻の才も必要なのかと思わせる、見事なものだった。

皆が席についたあと、孔子の子孫、孔家の七十七代目にあたる孔徳班さんの挨拶《あいさつ》があった。さすが孔府宴、こういう方もご一緒なさるのかと驚いた。歴史がテーブルに顔を出してきた感じだ。

話を聞いている間に給仕の女性が、お酒を席に置かれた杯に注いでゆく。日本酒と同じように、水のように色がない。高粱《コーリャン》、米、小麦など穀物から作った孔府家酒という、この地自慢の白酒《パイチュウ》だ。

テーブルに干果が置かれる。鮮果もある。リュウガン、クルミ、バナナ、サクランボ、ピーナッツなどが、小皿に盛られ円卓に出る。皆で立ち上がり、小さな酒杯を掲げて、最初の乾杯となった。さあ、始まりだ。

ぐいっとやって、むせかえる。孔府家酒は、四十度くらいの強さがあると、後で知った。普段はビールやワインなどしか飲まない私には、かなりきつい。しかし味は良かった。周りから、これは美味しいパイチュウだという声が聞こえる。聞き酒ができるってことは、この強ーいお酒を、飲み慣れている人が多いんだろうか。少しでも飲むと、気の利《き》くお姉さん方が、さっと杯を満たしてゆく。永久運動のようだ。酒飲みにはたまらない宴かもしれない。

果物の後、料理は四種類の涼菜から始まった。珍しいものもあったが、最初に印象に残ったのは、ただの胡瓜《きゅうり》だった。細かく蛇腹に切れ込みが入っており、その上に白いものが載せられていた。塩か、砂糖か、それとも全く知らないものか。

興味津々《しんしん》、食べてみた。砂糖でした！　甘ーい胡瓜というものを、生まれて初めて味わうこととなった。確かにこれも珍味には違いない。

珍味といえば胡瓜の隣の皿に載っていた、アヒルの舌の料理にも挑戦。ちょっとこりっとして、それでいて柔らかい。うん、おいしい。

次は熱菜で、このあたりで踊りと音楽が始まる。濃いピンクの衣装をつけ、頭に華やかな鳥の羽をつけた女性たちが数人、部屋で舞い始めた。その踊りを、地元のテレビも取材している。孔府宴は、地元でも珍しいのだ。

中国では色彩も形も、何かにつけ、はっきりとしたものが多い。これだけ国土が広く、広大な環境にいると、近くで見なくては分からない淡いものでは、用をなさないのだろう。

踊りを見ている間に、目の前に菱形《ひしがた》のスイカゼリーが来ていた。さっぱりした風味。直ぐに神仙鴨《かも》子という鴨料理が出る。有名な料理なのだそうだ。こってりとしたソースがかかっていて、濃い味かと思ったが、意外としつこさが無い。

でん、と、曲阜名物・丸ごとの子豚が出てきた。でかい。迫力である。長四角いトレイのような形の赤い皿に、四肢を広げた形で、ぐるりとパセリに囲まれて載っていて、しっぽと耳がちょっぴり焦《こ》げていた。

こうして姿そのままの料理が出てきても、ちゃんと美味しそうだと思うもんだと、我ながらへーっと思った。子豚の顔を見たら、もうちょっと、ぎょっとするかと思っていたんだけどな。大きくていきなり箸《はし》を突き立てられないので、これは切って取り分けてもらうため、別のテーブルへ。

牛肉で作った熊の掌もどきもあった。あまり驚くような獣は、出ない模様だ。

そうしているうちに、鮑《あわび》料理が出てきた。野菜の彫刻の周りをぐるりと、十数個の大ぶりの鮑が取り囲んでいる。高級品の紫鮑だ。

柔らかい。大変美味だった。しかし、美味しいなぁと感じた品でも、なかなかお代わりを取る箸は出ない。料理は皿に沢山あるのだが、まだ手元のお品書きは、半分にも達していないのだ。だから、胃袋は空けておかなくてはならない。だが、お代わりをしている人もいた。この鮑、好評だ。

いつの間にやら踊りは、男の人の琵琶《びわ》の演奏に代わっていた。緑の衣装がきれいだ。歌舞音曲は素敵だし、滅多に見られないとは思う。だが、ぼうっとしていると、目の前の料理が増えていて、新しい皿が出ているのに気がつくのだ。せっかくの孔府宴、ここは料理優先でいく。

そこへ、素晴らしい細工の載った一皿が出てきた。ラグビーボールのような、やや細長いスイカを一つ半、縦に組み合わせ、全面に彫刻をほどこしてある。めでたい漢字が特に大きく彫られていた。私の方を向いていたのは、〝福〟の字。横に彫刻された二羽の鳥が添えられている。

この料理は昔、「スイカの鳥」と呼ばれていたそうだ。それが今は「二つの鳥」と呼ばれているという。中身はスープで、丸のままの鶏が入っていて、海老《えび》、胡麻油《ごまあぶら》、生姜《しょうが》の風味がする。

蛙《かえる》の卵管(珍味だ!)や猿の頭という名の茸《きのこ》が出てきたころには、既に何品食べたか分からなくなっていた。テーブルでは時々、「カンペー」と声が掛かるので、皆で立ち上がり、杯を掲げる。こう言われたら、本当は酒を全部飲み干さなくてはならない。

しかし、孔府家酒は四十度のお酒だ。まいった! というわけで、私は何度も干すことは出来ず、少し口をつけるだけでテーブルに置いてしまったが、女だからか、勘弁してもらえた。男の人たちは、そうもいかないようで、飲み干した証拠に、くるりと杯をひっくり返して見せている。顔が赤くなっている人も多い。杯をテーブルに置くと、また直ぐに酒が注がれてゆく。

お酒を飲むときに、「カンペー」ではなく、「スイィー」と声が掛かったら、ご随意ゆく。段々、自主的「スイー」が増えてにどうぞというわけで、飲み干さなくてもよい。段々、自主的「スイー」が増えてゆく。私っておお酒に弱かったのか。

サンザシのスープは、甘いと酸《す》っぱいが同時に感じられた、変わった風味。ぎんなんは、宋《そう》の時代に孔府に植えられた銀杏《いちょう》の木から取ったもので、かつては皇帝だけが食べたものだとか。

時間が経《た》つにつれ、だんだん子豚が食べられて、小さくなってゆく。もうお腹《なか》一杯だぁ、ワンピースで良かったと思っていたのに、更に出てきた栗《くり》の一皿も、ちゃんと味わっていた。焼き栗のような味で、甘みがある。

鴨の脂《あぶら》を混ぜて作ったという饅頭《まんじゅう》、麺《めん》のあと、最後を締めくくったのは、おかゆだった。少し変わった香りがした。

食べた！　山のように食べたー、という気がした。六月十八日の孔府宴、終了である。テーブルの皆に笑顔が浮かんでいる。そしてここで改めて気がついた。まだ一回目なのだということを。明日は朝十一時から午後二時まで、西太后の朝食、そして夜は引き続き、孔府宴二回目が待っているのだ。

朝食、夕食

ファイトォ！　であります。

ちょいと気合いを入れてみた。自分への鼓舞だ。他のメンバーたちの、食に対する楽しみ方が凄《すご》いなあと思ったので。

一日目の夕食の後、外の屋台へ食べに行った方々がいたらしい。曲阜は滅多に来られない場所だし、地元の料理は面白かっただろう。お客さんの中にはマスター以外にも、中華料理のコックさんがいた。ここまで食を楽しめるのは、いいなぁと思う。

二日目。今日も、ゆるゆるのスカートをはいて、宴会場へ向かった。

今朝は西太后の朝食というものをいただく。朝食ではあるが、三時間も食べ続けるのだから、四十品以上は出てくるらしい。どういう朝ご飯になるのか、期待と共に席に着く。

鴨料理から始まり、次に炒《いた》め焼きにした桂魚が続く。これを食べるとお金持ちになれるというので、せっせといただく。そして四品のスープが出た。このスープに目を見開いた。

西太后の好物だったという燕《つばめ》の窩《す》が入っていたのだが、その量が半端《はんぱ》ではなかったのだ。スープ皿は、大皿と同じくらいの直径だ。そこになみなみと注がれたスープの中に、燕の窩が溢《あふ》れんばかりに入っている。そんなスープが四種類、目の前に並んだのだ。

このスープにはそれぞれに、練り物でできた目出度《めでた》い文字が浮かべられていた。しかし貧乏性というか、美肌の元だと聞いていたせいか、滅多に拝めない大量の燕の窩に、目が吸い寄せられてしまった。かくも格調高い、伝統的料理を目の前にして、この感覚は邪道である。しかし……堪能しました！

このあと子豚の丸焼きが登場。今回のものは、吊《つ》るして焼いてあるという。鮫《さめ》の軟骨は硬いナタデココみたいで、面白い食感だった。

さらに皿が続いたが、蜜《みつ》をつかったという金華ハムが印象的だった。これはもう一度食べたいと思わせる、幸せなお味だった。

饅頭や点心の内、黄色いとんがり帽子のような形の蒸食は、山栗を使っているという。ちょっと素朴でおいしい。

そろそろお腹が一杯になってくる。なのにやっぱり、饅頭に手を伸ばしている自分が不思議だ。朝っぱらから白酒《パイチュウ》を飲んでいるし。確かに、いささかお腹に入れるペースが落ちてきてますが。

食事も大詰だった。桃の形の饅頭がきれいだ。油と粉を練り合わせたという一品は、気合いの入った甘さだ。

最後はやや、柔らかめの麺でしめくくりとなる。朝食、終了だ。こんな迫力のある朝ご飯は、初めてだった。

六月十九日、孔府宴

夕刻、孔府宴の席に着く前に、もう一度気合いを入れました。さらに四十品以上、料理が出てくるのだから。

三度目の宴でテーブルに飾られていたのは、冬瓜《とうがん》で作った大きな船だ。カボチャで作った鎖がかかっていて美しい。今回も「カンペー」から始まった。

干果、鮮果、粘果、蜜果、糖果等が載った小皿が、十以上出る。ナツメやライチ、干しぶどうの甘さが口に広がったところで、大皿に盛られた料理が、今日も次々と登場する。

今回は形にこだわった料理が多い。昔のお金の形に細工してあったり、鍋《なべ》の中に、小さな動物の形が作ってあったり。ナマコの皿は、姿がそのまま出てきた。その形に少々手が出るのが遅れたが、美味《おい》しいとの声に箸を出す。柔らかくて、それでいて食感がしっかりとしていた。薄味だ。

鮫の軟骨の料理や湯葉料理へと続く。湯葉には中に蟹《かに》が入っていた。湯葉は大好物。嬉《うれ》しい。二種の点心は、一つは蛙の形、もう一つの餡《あん》にはナツメが入っていて、とてもいい風味。こんな味の餡は、初めてだ。橙色《だいだいいろ》のスープは柑橘《かんきつ》系だった。カボチャのスープかと思っていたので、風味にびっくりした。

立って「カンペー」、座って食べてまた「カンペー」だ。もはや音曲を聴くゆとりもない。食べるに必死だが、どうも量がいかなくなっている。うーん、そろそろリミット近しか。

皿は続く。拍子木のような形に切った、スモークした豆腐が面白い。野菜が入った挽肉《ひきにく》の炒め物は、なんだか馴染《なじ》みのある味付けだ。醤油《しょうゆ》味に似ている。小菜の甘いニンニクは、らっきょうみたいだった。

終わりが近いというところで、もっちりした食感の、白い饅頭が出てきた。蝶《ちょう》の形のと、三つに割れたものがあって、こちらはうまい人が作ると、自然とそういう形に割れるのだそうだ。「笑顔を持つ饅頭」という別名があるらしい。

正直、この最後の饅頭は、食べられるか自信がなかった。しかし食べてみたら、本当に美味しかったのだ。味は淡泊なのだが、弾力があってしっとりしている。これだけ沢山食べた後で思ったことが、この饅頭、似たものが日本でないかなということだった。げに恐ろしきは食欲である。

男の人たちは、今日も顔を赤くしている。あまり飲まなかったのに、私も結構酔っていた。ほわっとした気分だった。幸せな満腹を感じた。挨拶があり、山ほどのおいしい記憶に、皆から拍手が上がった。孔府宴と、食べ続けた二日が終了した。

終わった、始まった

宴は終わった。私は部屋で一休憩。しかし、他の人たちの多くが、今日も屋台へ出かけて行った。地元の朝市へも、早起きをして行ったという。マスターや料理人のみなさんは、きっと中国でいっぱい美味しい体験をして、日本の店で、お客さんに素敵な料理を出してくれるに違いない。

屋台や朝市の様子が、あまりに面白そうだったので、バスで青島に移動したあと、次の朝、朝市へ行くときには、私も連れて行ってもらった。

市場は様々な品と人で、いっぱいだった。野菜に漬け物、蒸しパン、果物、お酒、肉、惣菜《そうざい》等、見ていると幸せになるくらい、色々売っている。生きた鶏やサソリまでいた。一緒に行った皆が、蒸しパンや果物、お菓子などを買って分けてくれる。

パンは熱々だったし、ライチはみずみずしい。嚙《かじ》りながら歩いていると、男性陣が量り売りの酒屋に入っていた。白酒を喜んで飲んでいた人たちでも、これは強いというお酒があったらしい。匂《にお》いを嗅《か》いだだけで、おおという声をあげ、笑っている。みんな楽しそうだ。

一元出したら、黄色い大きな蒸しパンが二つ買えた。サクランボ、漬け物、お菓子などを、皆それぞれに抱え、更にお菓子の店を覗《のぞ》き込んでいる。帰りの飛行機の時間にあわせ、早めに帰らなくてはならないのが、残念なくらいだ。

なんとなく、何度も食の旅に出る気持ちが、分かってきた。楽しいもの！

旅の終わりに、マスターに、ツアーは続くんですかと聞いてみた。いつか乾隆帝《けんりゅうてい》の料理を何とかしてみたいと思っていると、返事があった。きっとその料理も、すばらしく美味で豪華なものなのだろう。もう次の旅が、マスターの頭の中で始まっている気がした。

行きたい人、いますか？

（「旅」二〇〇四年十月号）

墨壺《すみつぼ》とウイスキー

小説を書いていると、不思議な縁を感じることがある。

書く前に、資料の方から手元に飛び込んできたり、作中に出てくる物と、出会ったりするのだ。

例えば、デビュー作となった『しゃばけ』という話を書いているとき、私は墨壺という大工道具の骨董《こっとう》と出会った。近所の商店街に、臨時に出来た骨董屋で売っていたのだ。私は墨壺を、本の中に登場する主要な妖《あやかし》の一人として書いていた。

近所の商店街では、ほとんどの店が、食料品など日常必要なものを売っている。そんな商店街に臨時とはいえ、骨董品店が出来たのが、そもそも珍しかった。私は興味津々《しんしん》で中に入り、そこで墨壺を見つけたのだ。何だか小説が上手《うま》く書きあがるような気がして、嬉しかったのを覚えている。

その墨壺は結局買わなかった。正直に言うと、経済的に余裕が無かったので手が出なかったのだ。その後『しゃばけ』で賞をいただき、本が出ると決まったとき、あの墨壺を買えていたらと、残念な気持ちになった。それ以来、骨董市などで他の墨壺を見ないでもないが、今ひとつ話の中の墨壺と似ていない気がして、買っていない。一《いち》期《ご》一会《いちえ》という事なのだろう。

そんな小説に関わるご縁が、『とっても不幸な幸運』を書いているときにもあった。今回、「酒場」が舞台として多く登場することもあり、話の中には時折、酒が出てくる。「酒場」である以上、ウイスキーも当然置いてあるはずだった。中には、こだわりの銘柄がある常連客もいると思い至り、私は……困ってしまった。

実は私は、ウイスキーをほとんど飲まないのだ。このお酒で生まれて初めて飲み過ぎ、吐いたことがあるせいか、家ではまったく口にしない。よってウイスキーにはどんな銘柄の酒があり、今何が好まれているのかすら分かっていなかった。

だが「酒場」のオーナー洋介店長は一流のバーテンダーで、酒に関する蘊蓄《うんちく》の十や二十、語りそうな奴《やつ》なのだ。変な酒を作中で注がせたら、店長に怒られそうな気がする。私は本やインターネット上でウイスキーのことを調べ、味について書かれた解説を読んだ。

そしてこれならば、作中の「酒場」に置いていそうだなと思ったのが、「カリラ」

というウイスキーだった。名前も洒落《しゃれ》た響きで、アンティーク調度が置かれているにふさわしい。

その後、まだ全部が書き上がっていない段階で、編集さんに新宿のバーへ、連れて行ってもらった。駅からも伊勢丹《いせたん》からもさほど離れていない、「酒場」と同じような場所にある店だ。

そこで私は「カリラ」と出会った。ボトルが目の前に置いてあったのだ。私は引っ詰め髪で背の高い店長に、「カリラ」を注いでもらった。数多《あまた》あるウイスキーの中で、文章を頼りに決めたお酒を、あの日初めて行ったバーで飲むとは、思ってもみなかった。

『しゃばけ』を書いているとき墨壺に巡り会ったときのような、不思議な感じがした。もしかしたら『とっても不幸な幸運』も、調子よく書き上げることが出来るのではないか。そんな気もした。縁が巡ってきたときは、話作りにも乗れる。楽しんでもらえる話になっていればいいと思う。

ところで、『とっても不幸な幸運』の中に出てくるアイテムの内、私も見たことのないオリジナルの品がある。百円ショップの品だと設定した面白グッズで、「とっても不幸な幸運」の缶というものだ。開けると、良いことばかりではない、避けられない事態を運んでくる。
もし百円で売っていたら、買うだろうか？　開けるだろうか？　私は……買って開けてしまうかもと思いつつ、そんな缶に出会うのが何だか怖い気がするのだ。

（〈前書後書〉「新刊展望」二〇〇五年五月号）

ミステリーの引き立て役

高校生の頃、アガサ・クリスティのミステリーを、立て続けに読んでいた。物語も楽しんだが、読んだ後、別の楽しみもあった。中に出てくる洋菓子を、自分で作ってみることだ。

当時住んでいたのは名古屋市郊外で、駅前にあった洋菓子店は不二家《ふじや》くらいだ。そこのショートケーキだとて、家でお目に掛かるのはたまにであった。

そんな中、イギリスのミステリーに出てくる優雅な菓子類は、私の心を摑《つか》んだ。マフィン、スコーンなど、主人公達が食べるお菓子は、本当に美味《おい》しそうだったのだ。だがそれらは、私の家の近くでは売ってなかった。しかし食べてみたい。ではどうしたか。私は自分で作ってみるべく、お菓子のレシピを捜したのだ。

幾つか手に入ったので、焼いてみたのを憶《おぼ》えている。だが「トライフル」とか「シードケーキ」「ピーチメルバ」など、当時の私にはレシピすら見つけられない謎《なぞ》のお菓子も多かった。それがまた、好奇心をかき立てた。

「トライフル」は後年、思ったより素朴なお菓子として、私の前に姿を現した。「シードケーキ」は、キャラウェイ入りバターケーキではないかと見当をつけたが、未《いま》だに確証はない。

今でも本の中に出てきた食べ物を、作るのは好きだ。物語の中に入り込んでいくかのような面白さがある。

だがその興味は少々、変わりつつもある。美味しいお菓子を作るよりも、読む人が、美味しそうだと想像力をかき立てるものを書きたい。そう思うようになったのだ。見たこともないお菓子の、甘い外見、美味しさ、食べている場所の雰囲気すら言葉は作り出す。その表現を人に楽しんで貰《もら》えたら、お菓子を食べたときのように嬉しいに違いない。

（〈大好きだった〉15歳で出あった「英国の菓子」「朝日新聞」二〇〇五年九月三十日）

餃子《ぎょうざ》の思い出

以前、漫画家のアシスタントをしていたとき、私はよく仲間と餃子を作った。漫画のアシスタントに入るということは、大抵の場合、作画作業が忙しい時仕事場に詰め、背景などを描いてゆくということだ。

故《ゆえ》に、一旦《いったん》仕事にとりかかると、気楽に外出するという訳にもいかない。アシスタント仲間が交代で作る日々の料理は、良い息抜きとなっていた。

そんな中で、今日は餃子を作ると決まった日は、献立がいつもと少々違った。香の物や飲み物などは用意するが、膳《ぜん》に並ぶのは、後は餃子のみ。ご飯や汁物、副菜などは作らない、餃子デーとなるのだ。

平素食事は当番が作るのだが、餃子の日ばかりはアシスタント全員で、一斉に調理に取りかかる。この餃子作りのレシピは、誰かがアルバイト先から聞いてきたものだとかで、極端に野菜を多く使うものであった。

丸ごとの大きなキャベツ（余っていたときは、白菜）、人参《にんじん》が二本、椎茸《しいたけ》が二パック、ニラ、生姜《しょうが》、大蒜《にんにく》、香辛料などを作業台に並べる。野菜は大量だが、肉は味出しの為《ため》小さなパックが一つ入るだけ。後はつなぎ用に、卵を数個入れた。

まな板が何枚かと包丁、大きな寸胴鍋《ずんどうなべ》も用意する。沢山の餃子の皮、それに大きな平皿が何枚もとフライパンが二つ、台所に整えられた後、作業に突撃するのだ。

毎回餃子デーには、百個を軽く越える餃子を作っていた。余ったら小分けにして冷凍しておけば、仕事が一段落した後の打ち上げで、酒の肴《さかな》に出来る。だから一人幾つ、などという細かい計算はせずに、皮を用意しただけ、具があるだけ包んでいったのだ。

作業は、野菜を細かく切ることから始まる。今思えば、あんなに大量の餃子を、時々思い出したかのように作っていたのは、訳があったように思う。

ずばり、ストレス発散だ。

タンタン、ザクザク、切って切って、寸胴鍋の中に刻み野菜の山を作る。量が多かったから、面倒くさくはあった。だが、ひたすらに刻んでゆく工程を終えると、一種の爽快感《そうかいかん》があったのだ。

何しろ女ばかりが何人も、ぎりぎりのスケジュールの中で、顔を突き合わせているのだ。仕事をしているのだから、楽しいことばかりが続く訳ではない。時には、眉間《みけん》に皺《しわ》が寄ってくる。最後は睡眠時間を減らし、体力勝負になるのだ。

そんな時、何か発散出来るものがあるのは、ありがたかった。アシスタント中は後何枚、残りは何時間と、常に仕事を意識していた身にとって、餃子作りは仕事からしばし解き放ってくれる、体育会系の作業だったように思う。誠にありがたい食べ物であった。

その上、皆で作って、わいわいいいながら食べた出来たての餃子は、やはり美味《おい》しかった。そのせいか私は、今でも餃子が好物だ。しかし昨今、家で餃子を作ることはなくなっている。

何故《なぜ》なら私は一人暮らし故に、一度に百個も、餃子を包まないからだ。私が憶えているのは、大量に野菜を切り刻み、山と作っていくあの餃子であった。

それを一人分に換算して、一人前を作ると思うと、何やらわびしい。それでも食べたくなって、何度か少量包んだこともあったが、何故だかあの味が出ず美味ではなかった。

仕事に追いつめられている状況が、無いからだろうか。奇妙な心持ちだと思う。


（〈「食」を読む。〉「野性時代」二〇〇七年三月号）

鬼平、白玉の思い出

学生の頃から、私は食いしん坊であった。そして、小説を読むのも好きだった。

今は酒もたしなむが、当時はまずは甘いお菓子に目がいっていた。特に、好きな小説の中に美味《おい》しそうな甘味が出てくると、食べてみたくてたまらなかった。

だが当時、私がいた地域にあった甘味の店といえば、地元の和菓子屋と不二家、後はスーパーの菓子売り場くらいのものであった。

地域では定番のういろうも、不二家の苺《いちご》入り生クリームケーキも好きではあったが、定番ばかりでは面白みに欠ける。だが小説の中に出てくる、主人公達が食べているようなお菓子に心躍らせても、実物にお目に掛かるということはついぞ無かった。

しかしアガサ・クリスティーに出てきたトライフルとかシードケーキなどを、何とか自分も食べてみたかった。それでその頃から私は、お菓子作りを趣味とするようになったのだ。実物を売る店は無くとも、話の内に出てくるようなお菓子の一部は、本屋にレシピ本があったからだ。

よってその後、池波正太郎の「鬼平犯科帳」を読んだ時も、その面白さを堪能《たんのう》したと共に、さっそく出てきた美味を作ってみようと、私は思い立った。

鬼平犯科帳の中には菓子だけでなく、汁物、焼き物、麺類《めんるい》など、ご馳走《ちそう》が数多《あまた》顔を出している。自分も、登場人物達と同じものを楽しみたい、そう思う読者も多くおられるのだろう。そんな方の為に、『池波正太郎・鬼平料理帳』や、『鬼平舌つづみ』など、鬼平犯科帳に出てくる美味《うま》いものを抜き出し、またその料理について語った本が、何冊も出ているほどだ。

だが若かった私は、きちんと江戸の調理法を調べることもせず、鬼平料理帳に出てくる中で一番簡単そうなものに手を出した。白玉餅《もち》を作ってみたのだ。

白玉は、米粉を晒《さら》して作った寒ざらし粉を、水で練り茹《ゆ》でて作る。江戸の白玉売りは、二つの桶《おけ》を天秤棒《てんびんぼう》で担《かつ》ぎ、「寒ざらし、白玉ぁ」などという声をあげ、町を売り歩いていた。その団子には砂糖をたっぷりかけて食べる。それが、江戸でも大層ポピュラーな食べ方であった。真夏の食べ物だ。

鬼平犯科帳の「明神の次郎吉」という話のなかにも、この白玉のことが出てくる。それによると鬼平は、砂糖をぶっかけて冷やした白玉を三度もお代わりした故《ゆえ》にか、お腹《なか》をこわしていた。

火付盗賊改方《あらためかた》の長官たるお方が、三杯食べる程美味しいのであれば、自分も同じ白玉を食べなくてはならない。私は張り切って、白玉粉を耳たぶ程の堅さにこねた。もっとも白玉は、以前にも作ったことがあった。だからこの時、団子の出来映えを、さほど心配してはいなかったと思う。

ところが。

鬼平と同じように、たっぷりと白砂糖を掛けて食べた江戸風の白玉は、あまり美味しいものではなかった。正直な話、あまりどころか、さっぱりであった。白砂糖の味しかしなかったのだ。

驚きであった。

「そんな筈《はず》はない」

鬼平の好物であれば、不二家の苺入り生クリームケーキよりも、美味しい甘味であるべきなのに。

だがここで私は、はたと気が付いた。白玉自体は淡泊な餅のような味なのだから、それに上白糖を掛ければ、当然角砂糖を囓《かじ》っているような味わいになる。そうとしかならないのだ。

きっと鬼平犯科帳の中の白玉は、江戸に吹き渡る夏の風や、井戸水や、それに格好の良い鬼平の姿込みで、とても美味しく化けたに違いなかった。その日私は少しばかり……大分がっかりして、白玉に向かい溜息《ためいき》をついていた。

後年その時の白玉のことを、小説の師である都筑道夫氏に話したことがある。すると師は、私の白玉作りの腕が拙《まず》かった故、美味で無かったのだろうと、あっさり言われたのだ。

そりゃあないですよぉ、先生。

面と向かって、そう言いはしなかったが、心中で思った。長年食いしん坊をしてきたので、自分の好物くらいは、そこそこ作れると自負していた。なのに、あれはいささかショックなお言葉であった。

そんなことがあったせいか、砂糖を盛った白玉は、その後食べていなかった。がっかりした気持ちを、思い出すのが嫌だったのかもしれない。

ところが最近ひょんなご縁で、大層和菓子に詳しい虎屋《とらや》文庫の方と、お会いすることがあった。その方から江戸時代、精製した真っ白な砂糖はそれは高級な品であって、庶民が使う物では無かった筈だとお聞きした。

下々の使う砂糖は黒砂糖では無くとも、今のように精製されてはいなかったのだ。

つまりその味は上白糖とは違い、黍糖《きびとう》とか三温糖にやや近いものだった筈だ。味にもこくがあったものと思われた。

成る程、である。

それならば白玉も美味しく頂ける気がして、久しぶりに作ってみた。出来たての白玉に黍糖を掛けると、少し溶け黒蜜《くろみつ》に近いような味わいとなり、美味しかった。随分と久しぶりに、すっきりした気がした。

これで江戸の夏風が吹いていれば、ぐっと幸せな気持ちに浸れるだろうと思う。だがまだ夏には早いので、白玉を食べながら鬼平料理帳を読み返すことにした。

（〈女の愛する長谷川平蔵〉「オール讀物」二〇〇七年六月号）

小説と食べ物

小説を読んでいる時、無性にお腹《なか》が空くことがある。主人公達がとても美味《おい》しそうなものを、食べているのを読んだときだ。

すると、自分も同じ物を口にしたくなる。それがたまたま、餃子や寿司《すし》や焼き鳥であった場合、近くのスーパーやコンビニへ走ればあるかもしれない。だが小説の中に出てくる料理が、いつも直《す》ぐ食べられる保証はない。第一、書かれているその料理がいかなるものか、分からないかもしれないのだ。

以前私が無性に食べたくなったものに、〝ミロトン〟という料理があった。「モンテクリスト伯」を読んでいた時に出てきたもので、ダングラールという登場人物が、料理人をおだてるようにして、作ってもらっていたという一品なのだ。

だが興味を持ったものの、牛肉料理らしいということ以外、詳しい作り方は分からなかった。ミロトンなどという名の料理は、食べたことはおろか見たことも無かったのだ。小説の中にレシピが添えられていよう筈《はず》もなく、勿論《もちろん》写真など載ってはいない。ミロトンは私にとって、謎《なぞ》を背負っている故《ゆえ》に、一層美味しそうに思える料理となった。

他にも、作中に出てくる料理の思い出は色々ある。池波正太郎の本に出てくる一本うどんは、是非に食べてみたかったのだが、親指ほどの太さのうどんを上手《うま》く作ることが出来ずに断念。代わりに白玉団子を作ったものの、これまた何が悪かったのか、大して美味しくはなかった。もしや作り手が私だから駄目なのかと、いささかへこんだ。

だが白玉団子のことは、砂糖を江戸の昔、より手軽に手に入れられた、茶がかった色の品に代えたら美味しく頂けた。ミステリーで見かけたキドニーパイは、本を読んでいる最中は絶品に思えていたのだが、レシピを確認し内臓を使うと分かった時点で、苦手な私はギブアップしてしまった。代わりに作ったマッシュルームとハムの辛みパイは、とても美味だった。

しかし、だ。上手くいったときも、勿論そうでなかった時も、作った料理を食べたとき、一寸首《ちょっと》を傾《かし》げたのは事実であった。小説で読んだときの方が、もっとずっと美味しそうに思えたのだ。

一つには私の料理の腕に、問題が大ありなのかもしれない。しかし、しかしである。他にも差が出てくる訳は、考えられるのだ。それは作家の筆の力であった。作中で実に美味しそうに食べる描写をされると、汁物は熱々に思え、麺《めん》のしこしことした弾力は、口の中で感じられる程になるのだ。

考えてみれば小説はその文章で、宇宙空間でもアフリカのサバンナでも、書き表さなければならない。いやそれどころか必要とあらば、会ったことも見たこともない宇宙人や、その御仁が摂取する未確認物体すら、美味しそうに書けなくてはならないのだ。

おまけに小説の中で、好きな主人公が美味しそうに食べていたものとなると、同じ物を己も食べたいという気持ちも働くし、その料理は三割増しで美味しそうに思えてくる気がする。つまり……つまりまあ、私の料理の腕がもっと良くとも、考えていたような特上の料理が出来たかどうかは、分からないということだ。食べ物を美味しくするのには、想像力も大事ということだろう。

最近、自分の小説の中に出した〝チーズシチュー〟という料理を作ってみたというブログを、ネット上で見た。何だかとても嬉《うれ》しくて、そう、考えてもいなかったほど嬉しくて、自分も同じ物をまた作ろうと思った。

きっと今度こそ、とても美味しい一皿が出来るに違いない。

（〈心のしおり〉「中日新聞」二〇〇八年六月二十五日）

まよえるこひつじの度胸

すべて圏外になる

白状してしまうと、私は携帯電話を使うのが苦手だ。今時そんな人間は、かなりなところ時代遅れだなあという気が自分でもする。

基本である通話、メール、お金の振り込み、写真の撮影と転送等々の内、私が満足に出来るものと言えば、ただ話すことくらいだろうか。

なのにその苦手な携帯電話は、この先私を置いたまま、更に進化していくらしい。携帯電話で、遠く離れた所から家電を動かしたり、バーコードを携帯電話に読み込ませての支払い、などというものすら、日常化していくみたいなのだ。

はたして私がその機能を使う日が、来るかなあと考えてみる。もしかしたら前衛的な衝動に取り付かれ、ものは試しとやってみたくなるかも。だが、それは世間様に対しての、害悪になりはしないだろうか。

振り込んだつもりのお金が、私の思いもしない世界の果てに行ってしまっても、とりあえずはどうにかなるかもしれない。

（いや、それだって、お金が届かなかった先方は、困るだろうが）

だが、エアコンを動かすつもりで、風呂桶《ふろおけ》から溢《あふ》れるほど給湯したり、とんでもない時間に、テレビが大音量で鳴り出すよりは増しだという気もする。やる。私なら、きっとその位はやってしまう！　自信？　ありだ。

　実は先日も、馬鹿馬鹿《ばかばか》しいだけに気恥ずかしくて、人には言えないような事をした。その日、午後も少しだけ遅い時間に、新潮社に行く機会があった。正面入り口が既に閉まっていた。受付で編集さんに来社を告げてもらう気でいた私は、初めての事に戸惑った。その時、こういうときこそ使わなければと、携帯電話を取り出したのだ。

　ところが！　電話が通じない。圏外の表示が出てしまう。会社の目の前から掛けているのに、それはありえない。私は呆然《ぼうぜん》としてしまった。唯一《ゆいいつ》出来るはずの通話に、失敗してしまったのだ。そのときは夜間出入り口を見つけたので、用は足りた。だが、どうしてビルの外から中へ、掛けられなかったのか。

　実は……市外局番を付け忘れていたのだ。今時、笑い話にもならない気がする……でも、やっちゃったんですねえ。こんな風で、どうして携帯電話を持っているのかしらね。

何故《なぜ》、携帯電話とかくも相性が悪いのか。人に言ったら、相性の問題ではないと言われた。成る程、そうかも知れないと納得した。ん、ん？

（阿川佐和子ほか『ああ、恥ずかし』新潮文庫二〇〇三年十月刊）

ぼんやり、のんびり

私は、ぼーっとしていることが好きだ。

そのせいか、書いている小説の中に出てくる登場人物たちも、妙にのんびりした者たちが多い。

若だんなと妖《あやかし》たちの最新作で、シリーズ第三作、『ねこのばば』に出ている妖たちにも、その名に似合わぬ面々が数多《あまた》いる。まず思い浮かぶのが、恐ろしい顔の小鬼妖、鳴家《やなり》だ。彼らは家で騒ぐ。部屋の内でぎしぎしと軋《きし》む音がしたら、それは鳴家達の仕業なのだ。

だがそのあと、どうなるかといえば……それ以上、何をするでもない。

『ねこのばば』の中で鳴家は、若だんなのために動いたあげく、結局困らせているが、平素は人畜無害。人を喰らったり、火事を起こしたりする妖もいる中で、顔は怖いが、誠に気の良い奴《やつ》だ。

他の仲間の妖とて、覗《のぞ》いたり飛んだりしてはいるが、それ以上怪異は起こさない者が多い。「ふらり火」にしろ、「屏風《びょうぶ》のぞき」、「鈴彦姫《すずひこひめ》」などの付喪神《つくもがみ》にしろ、大したことはしないのだ。でも若だんなにとっては、そこにいてくれるだけで嬉《うれ》しい仲間に違いない。

まあ、そんな妖たちの中にも、少しは積極的な者もいる。『ねこのばば』で一番動き回る妖といえば、長崎屋で働いている手代《てだい》たち、白沢《はくたく》と犬神《いぬがみ》だ。かたや神獣であり、一方神の名を持つ者だ。だがこの二人は、天上天下全世界中唯一《ゆいいつ》無二で、若だんなが大事。よって大分……大いに行動の基準が人とずれていて、そこがほっとできる存在だ。

きっといつも正しく、きちんとしていて、間違わず、立派な人は、若だんなには少々あわないのだ。病弱な若だんなは、『ねこのばば』でも、妖の手代たちに、自由にさせてもらえない。それでも二人といる方が、若だんなには嬉しい。たとえ妖たちのせいで、奇妙な話に巻き込まれても、だ。

ところで、そんな若だんなの話を作るとき、私は大概、ぼーっとすることから始める。少なくとも傍目からは、そう見えるに違いない。そして、動き回っている。実際に小説を書いているときは、パソコンの前で、キーボードを叩《たた》いている。しかし考え始めるときは、天から面白い話が頭の中に降ってくることを期待して、ふらふらと出かけてゆくのだ。歩いているときや、電車に乗っている最中に、思いつくことが多いからだ。

そういうときは、慣れない道だとぼーっと出来ないので、幾つかの馴染《なじ》みのコースへ行くことが多い。よく行く先に、大型書店コースと自分で呼んでいるものがある。家から行きやすい範囲の書店を、いくつかハシゴして歩くのだ。紀伊國屋《きのくにや》書店、ジュンク堂、三省堂、旭屋《あさひや》、八重洲《やえす》ブックセンターなどなど、都内には大きな書店が多くある。その間をさまよいつつ、頭の中で人殺しをしたり、キーワードを見つけているわけだ。書店は活字で溢れていて、それが思わぬヒントになってくれるので、ありがたい。

また書店には、最近楽しみにしているものが多くあるので、その点でも行くのが楽しい。それは、手書きのポップだ。

読むと「うんうん」だったり、「ほええー」と思ったり、本を読む前に、色々な想像が頭の中に涌《わ》いてくる。絵が付いていたり、立体的な仕上げのポップもあったりで、見るのは面白い。それに書店のポップで良いのは、オンリーワンということだろう。大きな特徴であり、その店の個性にもなると思う。

ただ、ポップを読んでいるとき、往々にして私の頭の中からは、お話のことがすっ飛んでいる。話作りのために、外に出かけているのに、完全にただ、ぼーっとしているのだ。これでは鳴家より役立たずになってしまう……などと言ったら、当の妖に怒られるかもしれない。

（〈私のデビュー作〉「新刊ニュース」二〇〇四年九月号）

「ピー子」はオスかメスか

あれを「贈り物」と呼んでよいかどうか、少々迷うところだが、とにかく私は小学校の三年生くらいのとき、近所にいた悪がきから、珍しいものを貰《もら》った。雀《すずめ》の雛《ひな》だ。

その雀の親は、どうも変わり者だったらしい。家の近くの造成地に置いてあったブルドーザーの一台に、巣作りをしたのだ。雛たちを拾った子は、私とたいして変わらない年頃だったから、巣は子供でも簡単に手が届く所に、作ってあったに違いない。

私は親雀のことを、無茶な奴だと思った。ブルドーザーが動けば、巣は一巻の終わりなのだ。そうでなくとも子供に手が出せるのなら、蛇でもイタチでも簡単に巣を襲えただろう。とにかくブルドーザーが動くより先に、雛は子供に連れ出されたのだ。

その雛たちの中で、たまたまうちに来た子は、さっそく名を付けられ……今考えると、余りの平凡さに恥ずかしくなりそうだが、「ピー子」と呼ばれた。メスだったのかさえ、定かではない。犬嫌いの母と、猫嫌いの父のいた家庭で、初めて迎えたペットだったので、呼びやすさが優先したのだと思う。だがこのピー子、当然ながらただの「贈り物」ではなかった。生きていたのだから。

温かくて、怯《おび》えて、ひとりぼっちで、親から引き離されたちびだったのだ。ダンボールの家を造り、新聞紙を敷いて、さっそく楽しくペットと過ごそうとした私たち家族は、そのことを思い知らされた。

ピー子が水を飲まない。ご飯粒を食べない。くちばしを固く閉じたまま、ただ箱の中に座っていた。そのままでいいはずがなかった。死んでしまう。

私は必死だった。とにかく強引にでも、水を飲ませようと決めたのだ。子供というのは無謀なもので、私は水を入れたスポイトをピー子のくちばしに当て、思い切り中身を出してみたのだ。当然ピー子は水浸しになってしまった。だがこれが良かった。喉《のど》が渇いていたらしく、顔を濡《ぬ》らした水をちょっぴり飲んだのだ。

それから程なくピー子は家族になついて、よく食べ、大きくなった。窓を開け放って部屋で飼っていたので、二年ほどしたとき、どこかへ飛んでいった。

今まであれほど可愛《かわい》い「贈り物」は貰ったことがない。だが、そう聞いたら自分は物ではないと、ピー子が怒るかもしれない。

確かにピー子は大切な家族だったのだから。

（〈忘れられない贈り物〉「PONTOON」二〇〇五年四月号）

さて、プチプチとは

文章を書いていると、物の名前が分からず、困るときがある。普段目にしている、よく知っている物を、適当な名前で呼んでいたことに気がつくのだ。そのせいで話が進まないこともままある。

例えば嫁、姑《しゅうとめ》の大喧嘩《おおげんか》を書くとする。そのとき嫁が、姑の着物を切り裂いたナイフの刃を、プチプチとしたエアクッション付きのビニールでくるむ。見つからぬよう、どこかに隠すためだ。

ここでプチプチ付きビニールの名を、はたと考えることとなる。『プチプチ』。この発音には、かわいらしさと明るさが満ちている。よって陰湿で恐ろしい場面に出てくると、どうも雰囲気を損なう。そんな理由で、この言葉を使いたくないと思ってしまったとき、悩みが始まるのだ。

さて、プチプチの正式な呼び名は、なんなのだろうか。

私は平素、さして深く考えもせず、そのビニール素材をプチプチと呼んでいた。それで自分は困らないし、人と話している最中でなら、結構通じる。分からなければ、梱包《こんぽう》に使う物、などという追加説明も可能だ。

しかしシリアスな場面を書くとき、この表現を避けたいと思ったら、どうするべきか。

こういう言葉の悩みは、各分野の専門家が世間に数多く存在する、という事実の元に、ややこしさを増す。その人達にとって名無しの物体の名は、謎《なぞ》でもなんでもないからだ。

歯科医なら、歯科の道具名は当然わかっているし、警察官なら警察署にある物の名は、承知しているだろう。

それに物の名を知らないということは、文章が書きづらいだけでなく、出てくる人物の専門性の欠如をも意味しかねない。私は以前漫画家のアシスタントをしていたが、作品の中の漫画家がGペンの名も知らなかったら、本物かどうか疑うだろう。

かように物の名は、私を悩ませる。物知らずではいけないと、反省もしている。

しかし……相変わらず、私はプチプチの正式名を知らない。ナイフを包む場面を書きたくなる前に、調べた方がいいだろう。まったく困ったことであった。

（〈TEA　TIME〉「文芸ポスト」二〇〇五年七月号）

妖怪《ようかい》小説の魅力「今、そこにいるもの」

日本には『八百万《やおよろず》の神様』がおわすという。

これだけ多くの神を抱えた国というのも、珍しいかと思う。だがこの数を考えると き、神様ほどありがたい存在でない分、更に数多くいると思われるのが、妖《あやかし》のたぐいだ。

怪異である。古来から人が出会い、恐れを感じ、不思議に思い、時によっては退治してきた者どもである。

そんな妖達だが、もし遠方にしかいなかったら、大して恐れを感じなかったに違いない。人が見聞き出来る範囲にいたからこそ、その存在を知り、恐れたのだ。迷惑と感じられる程に、そこいら中にいたはずだ。

また近年に至るまでに、彼らが突然全部消えたという話も聞かない。となるとこの日本の国は、今でも溢《あふ》れんばかりの妖を抱えていることになる。

もっとも最近は暗視カメラに写っていないから、その存在自体が怪しいとか、誰も見たことがないから馬鹿馬鹿《ばかばか》しいとか、様々に疑う向きがあるようだ。

つまり認識し、肌で感じ、思考の中で不思議と思っても、物理的に証明されなくては、居ると思ってはいけない。そういう考えが現代的だとされているのだ。

それは二十四時間営業の、小売店の策略かもしれない。深夜、暗闇《くらやみ》の中に足を踏み出したら、かまいたちに切られるかもと恐れては、主力商品のお握りの売り上げに、影響が出ようというものだ。

よって、かまいたちの名は、慎重に平素の生活から遠ざけられている。コンビニがターゲットとする現代的学生の中には、知らない者も多いだろう。河童《かっぱ》に足を引っ張られるかもしれない川は暗渠《あんきょ》となり、都会の暮らしから姿を隠されてゆく。

闇すら小刻みに、街路灯の明かりやネオンで切り刻まれている。明かりが届く範囲でなら、地獄へ向かう火車にも会わずに済むはずと皆思い込んでいるのか、もう夜に恐れも抱かないようだ。

だが、百数十年以上も前の、お江戸の頃は違った。闇の内にあやしい者どもがいる。それを疑わぬ人たちが、ほとんどであったのだ。

となると、存在を信じて、感じて、認められた妖たちが、人の毎日の内に入り込んでくる。

家が軋《きし》めば、小鬼の影を見る。病になれば、その災難の背景に、人ならぬ力を感じたのだ。実際かまいたちに、体を切られたという者もいたという。鬼火を見る。不思議なお囃子《はやし》を聴く。その体験を聞かされた者も、変だとは思わない。そんな日常があった。

もし今のコンビニ世代が、その話は証明されていないと、お江戸で言ったとする。多分、笑い飛ばされるだろう。

理由の一つとして、お江戸の暗さは半端《はんぱ》ではなかったからだ。雲が空を覆《おお》えば、柳の下に人の姿を垣間見《かいまみ》る。それほど闇が夜を支配していた。今とは比べようもなく暗かったのだ。

足元も定かでない暗闇では、人は僅《わず》かな音に、どきりとして振り向く。科学的ではないから振り返るな、恐れるなと言っても、体は納得してくれないからだ。

一方江戸の夜でも満月となれば、今度は月下を歩む者が驚かされるほど明るい。薄青い輪を纏《まと》う月は、もしかしたら現代よりも数段明るく思えたかもしれない。いや、本当に明るかったのだろうか。

物事には進化が付き物だ。だから、お江戸の月は輝いていた。必要とされていたからだ。人々は夜、煌々《こうこう》と天から降り注ぐ月明かりが頼りであった。

それと反対に、用の無くなった月光は暗くなるしかない。現代の月の明かりは、明らかにその光度を落としている。深夜、コンビニに向かう時、月が出ているかどうか知っている者は少ないだろう。気がつかないからだ。今はその程度の輝きしか、もう残っていない。要らなくなった月は、暗く進化したのだ。

このことを考えると、あまり害が無く、いても追われないような妖まで、昨今見なくなった訳も推測がついてくる。

若い者達は、電話とメールに忙しく、ゲームに忙しく、化粧に忙しい。その忙しい毎日のまま、時に運ばれて大人に突き進み、何年経《た》ってもやっぱり忙しい日々を送っている。

よって、切り刻まれた闇に目を向ける暇は無いのだ。その中にうごめく影を、見たりしないのだ。妖は未《いま》だに山ほど存在するに違いないのに。

忙しいから、余分なものは目が見ないシステムが出来ている。この変化もまた、進化なのだろうか。今そこにいるものも見ないのだ。

これは怖いことかもしれない。何かが欠けて行くのに、誰もそれに気がつかないとは。しまいには妖と共に、何か失うと大いに拙《まず》いものすら、無くしてしまいそうだ。

いや、もう無くなっていて、その事にすら気がついていないだけかもしれない。

そんなことを考えていると、何となく物寂しくなる。それで私は時々テーブルの上に、団子なぞ置いてみる。うちはなかなかにぼろいから、家が軋んだりする。そういうときに現れる妖が居ると、聞いたことがあるからだ。

妖に会うことができたなら、何かが変わる気がする。

しかし、まだ見たことがない。見えないだけであろうか。今、そこにいるのだろうか。

やっぱり分からないので、暫《しばら》くしてから団子をたべることにした。

（〈すぐそこに妖怪がいる〉「読書のいずみ」二〇〇五年夏号）

中高年デビューでも遅くない！

私が賞を頂いたのは四十歳のとき、実際書店に本が並んだ頃には、四十一歳になっておりました。

まさに中年ど真ん中。若くして作家になられた方からみたら親の年代となってから、本を書くという仕事を新たに始めた訳です。

中高年の方は感じることもあると思いますが、仕事を得ようと思ったとき、年齢がネックになることは結構あります。〝三十五歳まで〟という文言を読んで、顔をしかめたことのある求職者は数多《あまた》いるのではないでしょうか。その点、著述業は中高年でのデビューＯＫ。大変ありがたい世界だと思います。

その上、兼業も歓迎なのです。新人作家の場合、兼業の方を喜ばれる編集さんは多いと思います。デビューしていきなり、生活を支える程お仕事を得ることに、不安があるからでしょうか。

よって今、他の職を得ている方でも、そのお仕事と著述業をすぐに天秤《てんびん》にかける必要はありません。仕事が終わった後書くというやり方で、作家を目指すことができます。これも社会人には都合の良いことだと思います。

しかし、です。

かくも都合の良いお話が続きますと、当然、希望者も増える訳です。将来の作家を目指す方が、沢山いることになります。その中から、どうやって実際にプロになるかという問題が、目の前にぶら下がります。

私は小説を書いておりましたとき、たまたまわりと近い場所に、都筑道夫先生の小説創作塾があることを知りました。当時都筑先生は文学賞の審査員など、されていたと思います。プロの先生に意見を聞かせて頂ける訳ですから、貴重な場でした。デパートのカルチャーセンター内で開かれていましたので、通いやすい講座だったと思います。

生徒は各自作品を提出して、それに先生からの批評を頂くというやり方でした。長編を出してもよかったのですが、長いと直《す》ぐには批評して頂けなかったので、短編を出す方がほとんどでしたね。長くても百枚くらいまでだと、早く見て頂けたと思います。私も短編ばかり提出しておりました。

しかし。批評をして頂くということは、嬉《うれ》しいことだけでは済まないという事でもありました。

都筑先生というのは、とってもずばっと批評をおっしゃる方でした。教室に入った当初、私のつたない作品は三枚下ろしになり、更におろし金で細かくすり下ろされた状態でした。正直に申しまして、全く褒めては頂けませんでした。情けなかったですねえ。

当時、教室での先生の批評は、甘くないものが多かったように思えます。ただ勿論《もちろん》生徒の中には、褒められた方もおいででした。これは駄目だと感じた私は、『まず都筑先生に褒めて頂いたら、公募の賞に投稿をしよう』と、自主ルールを決めたのでした。

後でちょっと、『よせばよかったかな』と思ったものです。なかなか……随分と長い間、褒めて頂けませんでしたから。おかげで投稿作を書き始めるまでに、七年もかかってしまいました。

でもそうして作品を重ねていったのは、私にとっては良かったなと、今では思います。習作は習作で、私の場合デビューした後で、使えるものは無かったのですが。でもデビュー前は、何を書くかもページ数も自由、締め切りも自己設定です。もっともっと、色々試していればよかったかなとも思うのです。

投稿作が本になると決まったときは、それは嬉しかったですね。ですがデビュー当時インタビューを受けたとき『十年後まで生き残っているのは、新人の百人に一人』だよ、というようなことを言われました。

取っつきやすく、進めば段々と厳しくなってゆく世界なように思われます。でも、やはり書くことを止《や》められませんので。今日もせっせと書いております。

（〈私も新人だった。〉「小説宝石」二〇〇六年二月号）

「心配虫」とつきあう秘訣《ひけつ》

ストレス。

これを減らさなくては、体や気持ちに良くないと考えただけで、ストレスが溜《た》まりそうな言葉ですね。

ストレスが1つもないのは、却《かえ》って好ましくないそうですが……そういう方にはまだ、お会いしたことが無い気がします。誰もが否応《いやおう》もなく、大なり小なりのストレスを感じている状態が、今の普通なのでしょうか。

私の場合、「心配虫」というものを、結構沢山身の内に飼っているなと感じております。

この虫は、ストレスと結構深いご縁のお友だちでして。虫たちは抱えている本人よりも余程まめな質《たち》らしく、所構わず事を選ばず、毎日の中に顔を出して参ります。ここ最近は月末、定期的に登場されますね。その辺が、「妖怪《ようかい》締め切り」という恐ろしいものとの、遭遇ポイントなのです。

この「妖怪締め切り」は、顔の広い親分さんです。子分として「ちっともうまく書けなかった」「心配虫」とか、「仕事が遅い遅いと気にする」「心配虫」、つまり、どうしてもう2、3日早くに書けないのか悩む虫、などを連れております。これらの虫にとっ捕まると、仕事のストレスを溜めこむことになります。


？？？


これはストレスに強い人の、習慣を書くものではなかったかと？　そうでありました。よってこの馴染《なじ》みの「心配虫」方が大勢様いらした時の、つきあい方を一筆。

私の場合は、まず余分な考えに捕まらないようにすることでしょうか。つまり「心配虫」さん方のことばかり考えていると、嫌でも相手を良く知るようになってしまうでしょう？　それは拙《まず》うございます。

そこで、頭に余分なものが入らないよう、動いたりします。一番良くやるのは、歩くことですね。

ウォーキングシューズでしっかりと足ごしらえをし、ひたすら歩きます。よく行くのは、資料集めも兼ねた、都内大型書店巡りコース。時間が許すときは、お寺や神社の仏様、神様にご挨拶《あいさつ》をしながら、北鎌倉から鎌倉の報国寺辺りまで、あちこち寄り道しながら、歩いていったりします。

こういうときに、よくお話の筋を考えたりしているのですが、道を歩いているからには、周りにも多少気を配らなくてはなりません。車や人とぶつからぬよう避けないと。それに綺麗《きれい》な花など見ましたら、写真に撮ったりしたい、などとも思います。考えたいこと、考えねばならないこと、何も考えないと、大怪我《おおけが》をしそうなことが、沢山目の前に並ぶのです。

するとこの辺で私の思考の容量が、一杯になるという訳です。くよくよと考え、「心配虫」達とつきあうような、余裕が無くなると言いましょうか。日頃の運動不足を解消しつつ、健康的に「心配虫」達と距離を置けるという訳です。

もっとも考え事をしながら歩いているものですから、知り合いと道で出会っても、あちらからご挨拶を受けるまで、気がつかないということも。まだまだ鍛錬の足りない私であります。

また、もう1つ別の、「心配虫」とのおつきあいの仕方というものもあります。こちらは必要に迫られての、対処法とでも申しましょうか。

要するに、「心配虫」さんに、日々なるだけ慣れてしまえということでして。

私は昔から、初対面の方とお会いするのが少々……大分苦手でした。まだ学校に通っておりました頃は、先生や環境が変わる新学期が気ぶっせいでした。長じた後は、人の顔を覚えるのが苦手なことを自覚し、溜め息をついたものです。

そのせいか職業を選ぶときも、見ず知らずの方と明るくお喋《しゃべ》りし、品物を買って頂くような、営業職は考えもしませんでした。

まあ確かに、顔を覚えるという基本的なことが不得手では、そういった職に向かないこと甚だしい訳です。

ですから自然の流れと言いましょうか、職業として、1日中机と向かい合っているようなものを、選ぶことになりました。もそもそと文を書くことが仕事になりましたとき、どんな職業にもつきものの、やっていけるだろうかという不安はありました。でも、対人的な苦手意識と向き合わなくて済むと、ほっとした面もあったのです。

ところが。

私は非常に世間知らずでした。

著述業というのは個人営業、つまり自営業ということなのでした。当然、打ち合わせも営業も、己でやらなくてはならないのです。お金の話も、年度末の申告その他もろもろの雑事も、全《すべ》て1人でこなさなくてはなりません。

もちろん、そんなことは人にお任せ出来る、会社組織をお持ちの方もおいででしょう。ですが、新人には関係のないお話です。

作品を作っていくとき、打ち合わせは大事なことです。よりよくするために、色々な方と話していかねばなりません。自分の名前で出す作品なのですから、せっせと努力し、話を重ねていきます。否応なく諸事、己で対処することになります。

初めて対応する事柄も多々あります。仕事のために、こちらから見知らぬ方にお願いして、会って頂くことも増えました。

つまり自営業とは、人と多く会うことになるし、また、自分からそうした事を増やしていかなくてはならない職業だった訳です。

でも、まあ何とかこなしてゆけるものだったのです。段々と「初めてのこと」にも慣れてゆくということが、やってみたら分かりました。

そして、そんな「苦手」の中にも、面白いことも見つけられるようなりました。毎回思うものですが、実際にどなたかとお会いして話しているときは、楽しいものなのです。

では何が私のストレスになっていたかというと、起こってもいないことを、あれこれ考えすぎていたのでした。

つまり苦手なこと、そのものより、その前後の考えすぎが、拙かったと言いましょうか。

まあ、これが分かっても、感じることは変わらないかも知れません。ですが、事に当たっても結構大丈夫と経験上知っていれば、気は楽になります。

やはり「心配虫」さんがいることを、思い詰めたりしないことが、気楽になる秘訣でしょうか。このごろそんな風に思うのです。

（〈ストレスに強い人の小さな習慣〉「PHPスペシャル」二〇〇六年五月号）

「妖《あやかし》」の世界の不思議。

私は時代物の本を書くとき、時々妖を出すことがあります。物語の場所はお江戸、つまり今の東京です。時は今から二百年は前のことが多いでしょうか。電気もなく、夜が重さを持つほど暗い時代でした。ですから妖も今よりはずっと、人と近しいものであった頃でした。

妖と聞くと、何を思い浮かべるでしょうか。河童《かっぱ》？　それとも猫又あたりですか。彼らは江戸の頃から書物にも登場している、なかなかに個性豊かな面々で、書くのが楽しい仲間です。

しかし話に登場させるとき、気を遣うこともありまして。それはその妖が、江戸の人達が知っていた、いわゆる〝江戸に縁《ゆかり》の者〟かということなのです。実は妖にも、地方色というものがあったりするのです。

例えば「氷柱《つらら》女房」と言われる妖は、東北の豪雪地帯におられるようです。やはり軒に氷柱が下がるほど寒い地でなければ、住み辛《づら》いのでしょうか。南の沖縄には「ウヮーグヮーマジムン」なる豚の化け物がおられるそうですが、こちらもお江戸では名を耳にいたしません。琉球《りゅうきゅう》国から見るとお江戸は、あまりに離れていたのかもしれません。

怪異というのは、一見日常とは別物と見えて、ちゃんと住まう地に馴染んでいる存在だということでしょうか。

例えば江戸の頃、七不思議と言われるものがありました。この言い伝えは江戸だけでなく、越後《えちご》や甲斐《かい》など、それぞれの土地ものがあったようです。いわゆる地域密着型の七不思議という訳です。

お江戸は本所の七不思議は、置いてけ堀、送り提灯《ちょうちん》、馬鹿囃子《ばかばやし》、落葉なしの椎《しい》、片葉の蘆《あし》、消えずの行灯《あんどん》、足洗い屋敷の七つ。もっともこの不思議には、津軽家の太鼓や割下水のほい駕籠《かご》の呼声が加わることもあるようです。しかし数だけは、常に七つと決まってたそうで、妙に律儀《りちぎ》でした。

こういう怪異は人の噂《うわさ》となり、また本となり、芝居などにも出ました。人々はそこに出た怪異を不思議なこととはしても、あるはずがないと、無視したりはしませんでした。

家が軋《きし》めば、鳴家《やなり》という妖が軋ませているといい、山彦が聞こえれば、それは妖が返事をしていることとしました。人を怖い目にあわせたりはせず、ただそこにいるだけという妖も結構いたのです。

つまり妖には、命を取られかねない恐ろしげなものから、一体どこが妖なのかと首を傾《かし》げたくなるものまで、幅がありました。

良いことも悪いことも、時には生死も含めて、様々なことが起きる人の日常と、妖のありようは、似ているのかもしれません。

分かることばかりではないし、気味の悪いこともある。だけど、それでも己の住む地の、慣れ親しんだ出来事。妖とはそんな日常の一部である不可思議さに、名を付けて表したものだったのでしょうか。

（「東京人」二〇〇六年八月号）

今様《いまよう》お江戸散歩

畠中は、お江戸を舞台としました小説を書いております、今様戯作者《げさくしゃ》であります。そういう仕事をいたしております故《ゆえ》か、お江戸やお江戸の人達やその暮らしぶりに、大層興味がありまして。それでこの度、ちょいと江戸の地を歩き回ってみようかという、お話に相成りました。

そのおり嬉《うれ》しいことに、昨春真打ちとなられました落語家の柳家三三《やなぎやさんざ》さんに、今様お江戸を案内して頂けることとなりました。浅草や吉原《よしわら》を舞台にした噺《はなし》は『付き馬』や『文七元結《ぶんしちもっとい》』など色々ありますが、この度は『明烏《あけがらす》』などを参考にしまして、一日、お江戸を巡りに出かけた次第であります。

向かうのは、今様お江戸の浅草や吉原周辺。出発地点は観光客が一杯の、浅草雷門前です。門前には、観光用の人力車が何台か止まり、古《いにしえ》の時を思い起こさせてくれておりました。

そこへおいでになった三三さんは、ひょろりとのっぽなお方でした。お江戸がちょいと今に顔を出してきたかのような、小粋《こいき》な着物姿。浅草という場所柄だったせいか、昔のお江戸の方と連れだっているような、そんな気持ちになる一時が始まったのであります。

今日一日、落語と共に歩くので、私どもはまず、本法寺『はなし塚』へ向かいました。

『はなし塚』というのは昭和十六年、戦時体制中には憚《はばか》られる落語の演題五十三種を禁演落語とし、『はなし塚』にその台本を収め、併せて落語界の先輩の霊を弔ったというものです。『明烏』や『木乃伊取《みいらと》り』などの噺が、この時は高座で聞けなくなったといいます。

今の感覚で思うと、こんな噺までが駄目だったのかと不思議に思うものも、含まれていたそうです。

例えば『明烏』です。

馬鹿っ堅く世間知らずな若旦那《わかだんな》、時次郎のことを心配した父親が、町内の札付き源《げん》兵衛《べえ》と太助に、息子を吉原で遊ばせて欲しいと依頼するところから始まるお話です。連れて行かれたものの、色里を嫌がり帰ろうとする若旦那に、源兵衛達は、三人で来たのに一人では帰れないと嘘《うそ》を言い、無理矢理遊ぶことに。ところが全くもてなかった二人と違い、若旦那は絶世の美人、花魁《おいらん》『うら里』と良い仲に。おかげで今度は、なかなか帰ろうとしなくなる。呆《あき》れて先に帰ろうとする二人に、若旦那が、三人で来たのに、バラバラでは帰れないと言うという、そんな筋立てなのです。

このお気楽で楽しいお話が、どうして自粛されてしまったかというと、当時は花魁と同衾《どうきん》する場面が、いささか色っぽかったとのこと。それが引っかかったらしいのです。

戦争に突っ走っていくとき、いかに様々なものが切り捨てられるかという一つの証《あかし》が、ひっそりと寺の庭に残っていたのです。

次に『蔵前駕籠《くらまえかご》』という噺に登場する榧寺《かやでら》へ向かい、その後、有名な藪蕎麦《やぶそば》へ入り昼食となりました。十月の天気の良い日だったからか、戸が開け放ってありました。最初に三三さんが、蕎麦をどぷりと汁に浸《つ》けぬ方がいいですよと、一言注意して下さったんです。蕎麦を食べるとき、よく聞く話ではありますよね。ですが畠中は、たっぷり汁を付けるのも美味《おい》しいのにな、などと思っておりました。しかし。

藪蕎麦の付け汁はひと味違います。どっぷり浸けるといささか咽《む》せる程で、三三さんがされた注意を納得する辛さです。ちょいと蕎麦の先を浸して、つるつるっと小粋《こいき》にする方が、断然美味しかったのです。これが江戸風というのでしょう。

この席で、江戸時代蕎麦は幕末近くまで、値段が殆《ほとん》ど上がらなかったというお話が出ました。しかし、当時も物価はじりじりと上がっています。では蕎麦屋はどうしたかというと、一枚に乗せる蕎麦の量を、減らしたのだとか。蕎麦の盛りは、どんどん少なくなっていったのです。

畠中は「しゃばけ」シリーズという時代物で、妖怪《ようかい》も出てくる本を書いております。夜の暗い江戸時代のこと、妖《あやかし》達は登場人物達の毎日に馴染《なじ》んでいます。話の中に出てくる若旦那も、小鬼や、手代に化けた妖の兄《にい》や達と暮らしているのです。

ここに出てくる虚弱な若旦那であれば、盛りの少なくなった蕎麦一枚でも、持て余したかもしれません。こっそりと袖《そで》に入れた小妖に蕎麦を分けてあげて、それを心配性の兄や達に見つかり、叱《しか》られてしまう……などという場面を、蕎麦をたぐりつつ、つい夢想しておりました。

この後、私どもは昔吉原の出入り口であった、大門《おおもん》の方へ足を向けました。日本堤から大門へ通じる五十間道は『衣紋坂《えもんざか》』と言い、錦絵《にしきえ》にも描かれています。堤から直接大門が見えないよう、くの字に曲がっていました。

ところで今の『衣紋坂』を見て驚きました。道が昔の絵のままに、くの字に曲がっているのです。細っこい路地ではなく、ちゃんと車の通れる舗装道路が折れ曲がっていました。周囲にはマンションが建ち並んでおり、地域と溶け込んでさりげない場所です。ここが『衣紋坂』ですよと言われなければ、江戸の世に高名であった道だとは、ついぞ思わないでしょう。

今では何の変哲もないその道を、数多《あまた》のお大尽や放蕩《ほうとう》息子、冷やかしのお兄さん達が通ったかと思うと、何やら面白い気がしました。

吉原で遊んだ後、持ち金が足りないと、家で払って貰《もら》うため付け馬と呼ばれるお人を同道する羽目になります。歓迎したくない連れがいることに、げっそりしながら帰る男が、この道を歩いたに違いありません。同じ道を大門の方へ歩み、中に入ったまま、二度と出る事の無かった女もいたのです。

道沿いに建つ吉原神社へも寄ってみました。常に住まう神官もおいでではないような、本当に小さなお社です。そこにあった掲示板の一枚の絵が、私たちの目を引きました。

それは吉原の今昔図でした。明治から平成に至るまでの、吉原内の店の変遷図《へんせんず》が五つ載っておりました。キクさん、志もさんという遊女二人の、借金推移の図付きです。

大正元年、巡査の初任給が十五円だった時代に、キクさんの借金は六十万円もあったのです。年が経《た》っても借金は一向に減らず、身を売ったら、なかなか遊女の身分から抜け出せなかった百年近く前の時を、一枚の資料が物語っていました。

売春防止法が昭和三十二年四月一日に施行され、猶予《ゆうよ》期間の後、昭和三十三年、『吉原遊廓《ゆうかく》』としては、全《すべ》ての業者が廃業しているそうです。吉原の妓楼《ぎろう》は、明治時代には洋館になっていたようですし、形を変えてはいたのでしょう。しかし昭和の半ばまで、この地で女が公然と身を売っていた訳で、江戸の印象が強い吉原は、意外な程最近まで公《おおやけ》の場所として続いていたのだと、改めて感じたのでした。

その後、鷲《おおとり》神社の方へ歩を進めました。十一月に開かれる酉《とり》の市で有名なところで、境内では既にその準備が始まっておりました。小説を書くときの資料本に載っていた江戸時代の錦絵にも、実にさりげなくこの酉の市の事が出ていたりします。吉原の、妓楼の窓辺が描かれている絵があるのですが、人のいない畳の上に、小さな熊手《くまで》が置かれているのです。外出の出来ない遊女が買ったものではありません。熊手は客の土産なのでしょう。

家人には酉の市へ行くと言い置いて出てきた男が、吉原へ寄ったのでしょうか。いや、端《はな》から吉原へ来ることを目当てにしており、酉の市で土産になるような、小さな熊手を買ったのやもしれません。

少なくとも遊女にはそう言って、喜ばせたのでしょう。それとも遊女の方から、西の市を口実にして来ておくれなんしと、艶《つや》めいた文でも届けていたのでしょうか。

そんなお話を考えつつ、昔のお江戸へしばし思いを巡らした後、私たちはそろそろ今様お江戸に頭を戻そうと、浅草演芸ホールへと向かいました。三三さんが、浅草演芸ホールで高座に上がる予定なのでした。

ところでその高座のことで、驚くような話をお聞きしました。落語家さんは演芸場に着くまで、その日話される演目を、決めていないというのです。当日、他の方の出し物を見て、何を話すか決定するという事でした。

驚きました。この日は夜の部だけでも、落語を話される方は十三人いたのです。何人も同じ演目を話す訳にはいかないでしょうから、落語家さんは直《す》ぐに話せるものを、幾つも用意していなくてはなりません。

やれ、大変でございます。私などでしたら、せっせと幾つかを覚えていったあげく、先に出た方と見事に噺が重なってしまい、泣きべそをかいてしまいそうです。

そうしている内に演芸場に着き、しばし後、三三さんが高座に上がられました。いや、先程までよりもきりりとなさいまして、のっぽなお姿がぴしりと見えます。面白いお噺を聞かせて下さいました。噺と心地よく間が合っていると感じる、そんな一時でありました。

演芸場という所は、今は昔ほどには馴染みがないかもしれません。ですが、あらよっと入ってみれば、楽しい一時が過ごせる所なのでした。古いようで、新しい楽しみが見つかる場所、という感じでしょうか。

夜の高座で、この日の今様お江戸巡りは終わりとなりました。今様お江戸は、昔と随分変わっておりました。私は三三さんに沢山の面白い話を聞かせていただきましたが、ただ通りかかっただけだと、今も残っているお江戸を見つけるのは、少し大変かもしれません。時の移ろいの大きさを身に染《し》みた次第です。

しかし、その変わっていくところがまた、お江戸らしいとも言えましょう。江戸時代、お江戸は何度も大火を経験し、その度に町の規模を大きくし、江戸そのものを成長させていったのですから。

ではそろそろこの辺りで、話を終えるといたしましょう。お後がよろしいようで。

(〈今回は「てくてく」〉「yomyom」二〇〇六年十二月号)

言い訳を積み上げない

「死ぬまでにしたいこと」というテーマを考えたとき、私の頭にぽかりと浮かんだのは、可能性という言葉であった。つまりそういう望みは、3つに分かれると思ったのだ。

1、実現できたら素晴らしいだろうが、凡庸なる身故《ゆえ》、まずは不可能であろうこと。
2、いつかはやってみたいと、心の奥底に思いはあるものの、容易《たやす》くない故に、日々に取り紛れ努力せずにいること。
3、ガタガタ言わずに、さっさと今日からやらんかい！ と己でも思うこと。
の3つだ。

1は良い夢、というところだろう。

3の望みは、はっきりとしていた。行ってみたい旅行先があるのだ。仏のモン・サン・ミッシェルと英のコッツウォルズ。どちらも観光地故に行きやすく、まだ訪れていないのは、日々の仕事を言い訳にしている私の、反省すべき怠慢なのだ。

問題は2の望みであった。これを行うのが難しい。

私には子供のころから夢想癖がある。頭の中に、きちんとした起承転結もないエピソードが、とりとめもなく広がっているのだ。人物や環境や出来事などが、己の内に溜《た》まっている。

近年一部を切り出し、小説の人物設定などに利用したが、ほとんどは私の内で落葉と化している。夢想はやたらと長くまとまりもなく、プロとしての作品には向かないのだ。

このままでは全ては、やがて腐葉土と化す。ならば趣味として書き、ネットに載せたいとも思うのだ。だがただでも、きちんとお話になっていないものは、つまらないであろう。いっそいつか、文芸用の自動翻訳ソフトが出るまで待ってから、英語に訳して載せようか。それならば気恥ずかしさも少ない……。

ここまで考えて、ふと気が付いた。死ぬまでにやりたいことがある場合、出来ない言い訳を積み上げてはいけない。それが事を成すこつだと思えたのだ。

（〈生きてるうちにしたいこと〉「産経新聞」二〇〇七年七月一日）

反省をした日

私は日ごろ、町をふらふら歩きながら、小説の元となる話を考える癖がある。家にいると、まだすませていない雑用が私を呼ぶし、なぜだかしょっちゅう道路工事をしている前の道からの騒音が、なかなかに煩《うるさ》い。よって歩きつつ考え、思いついた事があったときは喫茶店などへ入って書き留める。このパターンがいつしか身についたのだ。

さて自分には向いていると思うこのやり方だが、一つ困ったことがある。私は自覚症状有りの、方向音痴なのだ。

よせばいいのに先日も、出版社からの帰り道、ふと飯田橋まで歩いてみようと思い立った。まあ一駅しか離れてはいないし、途中には賑《にぎ》やかな商店街もあるはずだ。初めての店を眺めるのは楽しい。私の足でも十数分もあれば目的の駅前へ着くだろうと、軽く考え出発したのだ。

方向音痴になるにはその条件として、方向音痴であることを深刻に考えたりしない思慮の浅さが必要ではないかと、常々思う。つまり、いつも同じルートだけを歩くとか、常に道を携帯電話で確認するという手堅さがあれば、なかなか迷うものではないからだ。

この日も気軽に新たな方向へと足を踏み出した私は、前例と反省と後悔という三つの単語を、どこかへ忘れていたらしい。そしてやはりというか恐ろしいことにというか、行けども行けども、見慣れた飯田橋駅前の風景が現れてこなかったのだ。

その内、どう考えても一駅以上の距離を歩いているとの、自覚が訪れてきた。

ああ、またまた迷ってしまったのやもしれない。私は眉間《みけん》に皺《しわ》を寄せることとなった。さてそこで、その後どうするか決めねばならなくなった。

一つの考えは、元来た道を戻るという選択だ。真《ま》っ直《す》ぐに来たのだから、真っ直ぐに戻ればよく、帰り道で再び迷う危険がない。たとえ歩いてきた道がずっと下り坂であった故《ゆえ》、帰りはひたすら上りの坂になると分かっていても、これが真っ当な選択というものであった。

そして二つ目の選択は〝いつかどこかの地下鉄の駅に出るさ〟という楽観論を頼りに、そのまま先へと突き進むというものだ。

その考えには無謀という振り仮名をつけるべきかとも思う。だがここで、迷子の常習犯は、懲《こ》りずに考える。都心の飯田橋周辺は、網の目のように地下鉄が走っているのだからして、先へ進んでもどこかの駅にたどり着くかもしれない。そしてこの考えは、無茶とばかりは言えぬのではないかと。

つまりしょっちゅう道に迷っている者は、そもそも馬鹿《ばか》な選択が好きなのかもしれないのだ。

結局そのとき、私は大人しく道を戻ったりはしなかった。さっさと先へ突き進んだのだ。

私は根本が小心者故、こういうとき、銀座にいるのであればよかったのにと、ちょいとばかり思う。かの地は、道が直角に曲がっていることが多い。つまり四角い区画が多いのだ。道を失っても、頭の中で自分の居場所を思い描くのが簡単であった。

以前、友が、銀座で自分の居場所が分からなくなったら、二回ほど角を曲がってみたらいいと、助言をくれたことがある。くるりと周りを見てから、元の場に戻ってくることが出来るというわけだ。

つまり銀座では、いつかどこかから忽然《こつぜん》と現れるに違いない地下鉄の駅を、当てもなく探す必要はない。私でも、あっさり大通りに出られるし、その道筋には駅があるのだ。

おまけに銀座は歩くのにもよき街であった。まず大通り沿いに電線がない。空が黒く細い線で切り取られていないのが、大変に心地よい。

電線だらけの自宅周辺と見比べると、思いがけない程の開放感だと思う。なにしろ電線は日々本数を増し、その内絡《から》んで投網《とあみ》のようになるのではというほど増殖しているからだ。

今私は、明治のころの話を書いているのだが、この電線という代物《しろもの》、明治になった途端、あっと言う間に帝都の空に、黒く細い筋をつけていった。なにしろお江戸から文明開化の世となって、たった二年で電信柱が道に立っていたのだ。そのころは電線が珍しかったのか、アニリン染料で色のきつくなった明治の錦絵《にしきえ》に、電線と電信柱はときどき登場している。

その後、町中でない場所を探すのが大変な程、電線は増殖していった。明治の二十八年となれば、江戸のときの駕籠《かご》はもう昔の遺物、電線の下、初の営業用電車が通っている。

だがこうしてそこいら中が電線だらけになると、電線が空にない街はその場にいるのが快い。歩道が広く、お茶を飲む場所にもちょいと寄る店にも困らない。よって私はちょくちょくそんな街を訪れるのだ。

ところで、とにかく歩いていればなんとかなるのではないかという無謀な楽観論は、一度は通用することになった。飯田橋を見失った私は、無謀にも突き進んだあげく、ちゃんと地下鉄の駅へ行き着いたのだ。

もっとも私が見つけたのは、やはり飯田橋ではなく、江戸川橋駅であった。どうしてそんなことになったかというと、たぶん最初、神楽坂で道を逆さまに曲がったらしい。

「よく無事に、どこかへ行き着いた」

私は己を褒めることにした。いつまで経《た》ってもどこかの駅が見えてこないので、少々へたばりかけていたから、気持ちを鼓舞する必要にかられていたのだ。

「目出度《めでた》い、今回もどうにかなりましたわい」

そういう声が、心の奥底にあるのが分かった。そんなんだから、迷うことが多いのに、ちっとも方向音痴が直らないのだと思う。

反省である。


（「銀座百点」二〇〇八年五月号）

江戸版オタク

この夏、私はせっせと朝顔を栽培している。

青渦蝙蝠南天葉淡青地藤紫吹雪八重咲《あおうずこうもりなんてんばたんせいじふじむらさきふぶきやえざき》という名の、変化朝顔だ。

この変化朝顔、江戸時代に大層流行した花で、資料本などによく出てくる。変化朝顔の中には、これが朝顔かと思う程、無茶苦茶な形のものがあるのだ。目の前で咲いたらどんなものなのか、見たい気がしていた。

するとそんな時、時代物を書いている友人が、苗を分けてくれた。変化朝顔はまだ双葉の内から、葉がねじけていた。そしてこのねじくれた苗は、見てくれと同じ性格なのか、暫《しばら》くの間とんと伸びてはくれなかった。

朝顔といえば、小学生の夏の自由課題に選ばれる事もあるほど、栽培し易い植物であるはずだ。なのに、変化と名が付いた途端、蔓《つる》さえ出さない。ひょっとして失敗したかと、私はちょっと焦《あせ》って大分落胆した。

しかし気温が高くなった途端、朝顔は一気に伸び始めたのだ。やがて目出度く開花。淡青地に縞《しま》模様、真ん中に八重の花びらがあり、幾つかの切れ込みが入っていた。おまけに花は毎日少し形が違うのだ。すると、私の中にむくむくともたげてきた気持ちがあった。

〝私も交配して、何か面白い変化朝顔を作ってみたい〟

思い起こせば小さい頃、オシロイバナの交配をして遊んだことがあった。あの花は人工授粉で、簡単に色が交じったり縞になったりするのだ。あの時のように、楽しめるかもしれない。私は無謀な夢を持った。

ところが、変化朝顔は手強《てごわ》かった。そもそも交配以前の問題として、種がならないのだ。これでは来年花を楽しめない。私は綿棒で花粉を付け頑張るが、まだ上手《うま》くいかない。

「これでは悔しい。頑張って、来年こそは別の花を」

そう心に誓ったとき、ふと考える。これでは江戸の頃、花の形が変わったとか色が面白いとか言い、朝顔の花の変化に一喜一憂していた江戸版オタクと、何ら変わりが無いではないか。いや、同じか。

「この栽培は秘密にしておいた方が良いかも」

道を究めたオタクならば格好も良かろうが、江戸朝顔オタクのなりかかりでは、どうにも様にならない。

「江戸のオタクは深かった」

何とも訳の分からないことを口走りつつ、それでも一つくらい種が出来ないものかと、私は今日も授粉作業にいそしんでいる。


（〈TOP SECRET〉「小説現代」二〇〇八年十月号）

好きなもの

①豆。豆腐が好きだとか、湯葉に目がないとか思っていて、ある日ふと気がついた。私はほとんどの豆類が、大層好きだったのだ。甘い餡子《あんこ》からビールのおつまみの枝豆まで、どれも好物なのだが、その中でもさっと浮かんで来るものといえば京都の甘味、黒豆の〝豆しぼり〟だ。

だがこの甘味を、私はまだ関東で見かけた事がない。似たような品はあったが、何か違うのだ。京都にしか売っていないのだろうか。今宝探しの気分で、京都のお菓子を売るコーナーなどを探している。

②空いている本棚。我ながら、妙な事を言ってる気もする。でも、これから本を入れる事の出来るスペースを見ていると、何とはなしに嬉《うれ》しい。

先だって引っ越し整理したところなので、今丁度本棚に空きがある。気になっていた辞典を買っても大丈夫だとか、場所塞《ふさ》ぎだからと買わずにいた本にも手が出せるかと思うと、考えるだけで楽しいのだ。

少し前に、江戸川乱歩の少年探偵団シリーズが、昔と同じ表紙で発売された。気になる。師である都筑道夫氏の作品も、いつか手元に揃《そろ》えたい。本棚は第一に、仕事の資料本優先だから、なかなか楽しみの為《ため》に、棚を占領出来ずにいたのだ。

しかし、いつまでも空の棚を眺めてばかりでは、いけない。ぼんやりしている内に、いつの間にやら棚が埋まっていたという事態になっては、以前の二の舞だ。多分この世には、妖怪本増《ようかいぼんぷ》やしがいる気がする。さて、どの本から買おうか。

③絵。卒業した短大が美術系であったので、描く事はずっとしてきたのだが、絵画を買うことは、ほとんどなかった。今、本を書くようになってから、ご縁のあった画家の方の絵を、一点、二点と手にする機会があった。好きな絵を身近に置き見るのは、思っていた以上に楽しい事だと気づいた。手が届く値段の絵も、あちこちにあるようだ。いつか画廊を回るのを、趣味にしたい。そんなことを密《ひそ》かに思っている。

（「毎日新聞」二〇〇九年九月十三日）

始まりは町の小さな書店

小学校の頃、私の行動範囲はほぼ、学校と二級河川と友人宅とバス停で区切られていたように思う。

子供が川向こうへ行くのは、親にいい顔をされなかったし、友達の家から先には用がない。バスは、用がある日に親と乗るものであった。

そんな中で私にとっての本屋といえば、八百屋の隣にあった、小さな町の書店だった。雑誌と子供向けの本と単行本が少々、あとは文庫が多く目についたように思う。その店で私は何故《なぜ》か、新潮文庫の海外物ばかりに手を伸ばしていた。

学校の図書館のことは、古い本ばかりのあるところとしか覚えていないから、あまり顔を出していなかったはずだ。読書に一家言を持つ人など側《そば》にいなかったから、その年頃の者が読んでおくべき、かくあるべき読書歴など出来よう筈《はず》もない。私は興味のあるものを、勝手に手に取るという乱読を続けた。ネット販売など思いもよらなかったあの頃、本の世界といえば、親が兄に与えた本を回してもらうのと、八百屋の隣の小さな書店が全《すべ》てであった。

その後転居と共に、私にとっての書店は姿を変えた。年齢が上がって行動範囲が広くなったこともあり、通う書店は複数となった。二階があるような、駅前の有名書店に行くようになったのだ。読み物は名作文学から、ミステリーやファンタジー、時代物などへと移ったが、この頃の私にとって書店とは、学生生活を切り抜ける為の相棒であった。

書店の二階が口をきけたら、にやりと笑い、かく語ったに違いない。

「勿論《もちろん》我らは学生達の味方であれば、参考書を差し出し辞典を推奨し、テストを切り抜け日々生き延びる為《ため》の手伝いをいたしましょうぞ。そう、卒業の日まで」

書店に馴染《なじ》んだ者達は、二階の参考書コーナーから放たれ学生という名を脱ぎ捨てても、生き方を探し明日を占い、趣味を追い求めまた、書店の別のコーナーへと、戻ってくるのだという。

その後、もう子供と呼ばれなくなり、社会の端っこへ出た私は、書店と深く関わるようになった。アルバイトの書店員となり、日々書物の中で働いたのだ。

当時の私は、とにかく漫画家になりたかった。働いて己の暮らしを支えていれば、止《や》めろと言われなかったものの、周りからは直《す》ぐに諦《あきら》める日が来ると思われていたようだ。それでも若くて無謀で止まらなかったから、漫画家になった己を想像し、ただ走った。

その頃、なけなしのお金で資料本を買っていた書店は、どんどん巨大化していった。かつて大きく見えた二階建ての書店とは比べものにならぬ、ビル丸ごと一つ、六、七階建て全てが本で埋まっている書店が、姿を現したのだ。本は海となって広がり、各階は大陸となって、書の中を旅する客達を待っている。

そんな中私は、書店との関わりをさらに深くする機会に恵まれた。己の名を記した本を、書店に並べて貰《もら》うことになったのだ。

「大丈夫でしょうか。この本、この子達は、引取られる先を見つける事が、出来るのでしょうか」

己が生み出した話とあらば、子供のごときである。私はつい心配になり、本達が行儀良く書店で並んでいるか、見に行ったりした。すると私は書店にある数多《あまた》の作品に、説教をされている心持ちになった。

「用もないのにうろつくくらいなら、良き物語、書店を潤《うるお》す一冊を書かんかい」

という訳だ。成る程ごもっとも。頷《うなず》きはするものの、仕事としたとき、物語を紡《つむ》ぐのはなかなかに難しい。それで私はまた、本の海へやってくる。そうすればまた、本から助け船を出してもらえる。そして、新しい楽しみをも見つけられるからだ。書店とのつきあいは、ずっと続きそうである。

（〈書店との出合い〉「日販通信」二〇〇九年十月号）

あじゃれ　よみうり

新潮社公式ウェブサイト内「しゃばけ倶楽部　バーチャル長崎屋」より

05　お犬様のこと

畠屋こと畠中恵は、お江戸の話が大好きでございます。それでこうしてつれづれに、物語を皆様に届けさせて頂いております。

ですが白状いたしますと、住まいはちと、お江戸の真ん中からは外れておりまして……朱引きの外になりますでしょうか。まあ昨今どこへいくのも、駕籠《かご》を使うより早く楽になりました。よって日本橋から、いささか離れてはおりますが、大事あるまいかと思います。

ではまず、初めてのよみうりを一筆。

本日したためたいことは、お犬様のことでございます。

先日家の直《す》ぐ側《そば》を歩いておりましたおり、畠屋は白いバンという、便利な乗り物を見かけたのでございます。その荷台には半畳の畳ばかりが、二十数枚程も積まれておりました。

察するにそのバンは畳屋さんのもので、これからどこぞへその半畳の畳を、納めるところだったのでございましょう。

その時畠屋の目は、畳の一番上に吸い寄せられました。そこでは茶色の犬が、白いお腹《なか》をお天道様に向け、思い切り心地よさそうに足を広げ、日向《ひなた》ぼっこをしていたのでございます。

積み上げられた畳の天辺《てっぺん》に鎮座する犬。私は即座に「牢名主《ろうなぬし》様」と、心の中でこの犬に別名を進呈させて頂きました。お日様の下で、ああもゆったりとした格好になれるのは、お犬様ならではでございましょう。

畠屋はこの時お犬様を、心底羨《うらや》ましく思ったのでした。暖かい日のことだったと思います。

二〇〇五年十二月十三日

05　師走《しわす》　十四日

寒うございますね。

着込むようになると、畠屋はことのほか肩こりが酷《ひど》うございます。されば最近、今《いま》様《よう》あん摩に行き始めたのでございます。

　近所にある小店でございますが、今様あん摩師の方々は、十人前後もおられるでしょうか。肩こりを抱えた方は、多いようでございます。

　エレキテルと手による揉《も》みほぐしで、小半時ほどかかります。置き針をして、値は五百文と少し。安価であろうかと思います。

　それにしても、あん摩師の方々にお気の毒なことながら、畠屋の肩や背中は、大変堅うございます。まるで板のようだと言われたこともあるほどで。大工じゃあるまいし、揉みの玄人《くろうと》が板と格闘するのは、難儀なことと思います。

　そこで考えました。鳴家《やなり》に揉んで貰《もら》うのはどうか。良い案ではないかと。

　小さくて力は弱そうですが、何しろ数が多いですから、あん摩師として何とかなるかもしれません。畠屋の住まう家は大層古く、前の道を大きな今様大八車が通るだけで、鳴家達が鳴いたりいたします。大勢いるのです。彼らがあん摩師となってくれれば、いつでも家で揉んでもらえます。

　しかし背を揉んだことの無い鳴家に、いきなりうまく体をほぐしてくれというのも、難しいかと思います。畠屋は鳴家を秋葉原という町にあります、エレキテルの大店に連れてゆくことにいたしました。

目当てはエレキテルで動いております、からくりあん摩機でございます。昨今の品は、それは上手《うま》く人の体をほぐすというお話です。鳴家達には是非に、ここであん摩の極意を会得《えとく》してもらいたいと、そう思ったのでございます。

結果といたしましては……。

私が甘うございました。秋葉原には、鳴家達が興味津々《しんしん》飛びつくようなからくりが、溢《あふ》れていたのでございます。地味ーに、わずかにうごめいているあん摩椅子《いす》になど見向きもせず、鳴家達はぴかぴか光る物の溢れる店内で、畠屋の目の届かぬところへ、さっさと消えてしまいました。

げえむや音曲の売り場に、たむろしているのかもしれません。まだ帰ってこない子もおります。大変申し訳ありませんが、見かけた方がおいででしたら、早く家に帰るよう声をかけてやって下さいませ。

師走で皆様お忙しいでしょうに、畠屋の肩こりのせいで、お騒がせをいたしました。

二〇〇五年十二月十六日

05　平成十七年　師走　二十二日　朝

今日はこれから、寒さが厳しくなるということでございます。お江戸から離れた北前船が寄るような湊《みなと》では、雪がそれは大層降るとのことでございます。

北の地といえば、畠屋の近くで商っております店には、そろそろ数の子が並んでおりました。お餅《もち》もお目見え。畠屋は『しょうてんがい』という場所で買い物をすることが多うございます。店先に並びました品で、季節を感じることが度々ございますね。

季節といえば、花屋の店先は最近赤く染まったかのようで。『ぽいんせちあ』と『しくらめん』の鉢が、華やかさを競うように咲いております。

葉が落ちた桜の木には『でんしょく』が取り付けられ、ぴかりぴかり。町そのものも、まことに賑々《にぎにぎ》しい時期でございます。

昨今はこのように万事華やかですが、お江戸の方々が昔から派手好み一筋だったわけではございません。昔流行《はや》りました変化朝顔なるものは、見目麗《うるわ》しいというよりも、変わっている、珍かだという代物《しろもの》でありました。

また大層多くの方々が楽しんだのは、万年青《おもと》という、一見地味な植物でございます。これなど、いわゆる通な好みということでございましょうか。

時と共に好みは変わるものだと思いつつ、畠屋は『しょうてんがい』にあります『ほんや』に寄りました。すると、そこで今様お江戸の通を見たのでございます。

おりました『またまたへんないきもの』これぞ通というような、変わったいきものの絵が付いておりましたが、この本は、皆様が好んでおいでのようでございます。

そういえば畠屋が御目文字したことのあります戯作者《げさくしゃ》の方がお書きになった本に、『ひみつの植物』なるものもございました。あれに載っております植物も、粋《いき》を追求した好みかもしれません。

おやおや、江戸好みはまだ続いておりますようで。何とも納得いたしました畠屋でございます。

二〇〇五年十二月二十二日

06　明けましておめでとうございます。

本日は若だんな、手代《てだい》達、屏風《びょうぶ》のぞき、鳴家達と、皆揃《そろ》って、新年のご挨拶《あいさつ》でございます。今年も平穏無事で、良い年になりますように。

あれ、気ぜわしいと思っております内に、新年が颯爽《さっそう》とやって参りましたようで。新しいものは、年でも、壁の暦でも、鳴家達がつまみ食いしております黒豆でも、何やら初々《ういうい》しく、きらきらしいものでございます。

お江戸では正月がまいりましたら春でございます。一月から三月が春。けれど今様暦が違いますれば、季節感が多少違っておりますね。一ヶ月ほど、今の方が早いのでございます。

ところで、畠屋は長く家で働いておりますせいか、どうも暦につれて動くという習いが薄うございます。世間様がお休みだとおっしゃっても、皆様海の外へと行かれても、どうもぴんとこないと言いましょうか。

畠屋には、鳥獣戯画を描きます友が何人かおります。戯画仲間であるからでもないでしょうが、その皆様も、必ず暦通りに動く、というわけではありません。畠屋と戯画のお仲間は、新年会を何度か、随分と遅い時期に催しました。

あるときお仲間のお一人が、その新年会の話を、お知り合いにしましたそうで。そうしましたら、こう聞かれたとおっしゃるのです。

「お友達は、中国の方なのですか？」

畠屋はしばし考えました。もしかして己は中国の生まれで、中国語が話せたのでしょうか。二つの国の言葉を操れるとしたら、先々楽しいことが色々ありそうでございます。お仕事やお友達も、きっと増えることでございましょう。

しかし。

一生懸命考えましても、中国語は一言も、畠屋の口から出てきてはくれません。

「あれまあ」

などと、畠屋は悲しく思ったものでございます。

戯画仲間のお知り合いが、何故《なにゆえ》にお江戸に住まう日の本生まれの畠屋達を、中国の方と思われたのか。それには訳がございました。

畠屋達の新年会を、「春節」を祝うものだと思われたようなのでございます。

中国のお正月を「春節」といい、旧暦の一月一日に祝うそうなのです。中国ではもっとも盛大な祝日で、今様の暦では、毎年一月の末から二月の初め位にその日が参ります。

二月に開かれる新年会と聞いて、てっきりそちらの祝いかと思われたのでございましょう。しかしそのお考えには、少々の無理がございました。

何故《なぜ》なら今年その新年会は、春節どころか三月も近くなる頃に、行われるのでございます。春節すら、とっくに過ぎております。

そこまでいきますと、新年会と銘打っていいものか、迷うところではございますが……梅の花など咲く頃なれば、また別の良さもございましょう。

畠屋は新年会を、楽しみにしているのでございます。

二〇〇六年一月十日

06　正月の三

昨日の『今様お江戸』は雪でございました。珍かな雪に喜んだ鳴家達が、新雪の上に、ぽてぽて足跡を付けて遊んだりしておりましたので。畠屋もずいぶんと久方ぶりに、戸の前の雪かきなどいたしました。畠屋は雪かきにかこつけて、その足跡を消していたのでございます。足跡は可愛《かわい》いのですが、そんなものが人目については拙《まず》うございます。

ところで、鳴家達は面白がって、雪の上を裸足《はだし》で歩いておりましたが、人はそうは参りません。雪道は、滑ったり濡《ぬ》れたりいたします。その為《ため》か昨日は『今様雪下駄《ゆきげた》』を履いておいでの殿方を、何人か見かけました。『ごむ』で出来た、あれでございます。

ですが、このところ『今様お江戸』では、おなご方が『今様雪下駄』を履かれることが、減ってきた気がいたします。

大概の道が土では無くなり、泥跳ねが少なくなったためでございましょうか。実を申しますと、畠屋も『今様雪下駄』を下駄箱に入れてはおりません。それで何とかなってしまうからでございましょうか。

さてお江戸の方々は、雨の日履き物を、どうしておられたのでございましょうか。皆様、『今様お江戸』の方々とは、随分と違う感覚をお持ちであったようなのでございます。

お江戸では、裸足に下駄を履かれる方々が多かったものでございます。そして地面は土のまま。『ほそう』などはされておりません。

よって畠屋は、それならば雨の日歩くに、高い歯の付いている下駄などが、便利だったのではと考えたのです。ぬかるんだ道で多少足元が濡れ、汚れても、木で出来た下駄ならば、後でざんぶりと洗えば済みます。

ところが。

お江戸の方々は、畠屋などの思いもよらぬ『えころじー』な方々なのでございました。勿体《もったい》ないことなど、されません。下駄も雪駄も草履も、大切なものでございました。

よって雨が降れば、ひょいと履いている大事の下駄を脱いで懐《ふところ》に入れ、裸足で泥道を走る剛の方もおいでだったのでございます。

確かに足だとて、洗えば泥は落ちますが……。

畠屋はまだまだ、修行が足りぬようでございます。

二〇〇六年一月二十四日

06　如月《きさらぎ》の一

今日、道を歩いておりましたところ、目の前に朱色の爆弾が落ちて参りました。道に当たってべちゃりと潰《つぶ》れたのでございます。頭で受け止めておりましたら、出来損ないの喜劇のような悲劇でございました。

それは柿《かき》の実だったのでございます。

筆柿のような、少しばかり細っこい形のものでありました。一寸呆然《ちょっとぼうぜん》として見ておりましたら、再び『あすふぁると』に、突き刺さるように落下してくるのでございます。

「おやおや」

上を見ましたところ、寺子屋の庭の端に、大きな柿の木が生えておりました。豊作だったと見えて、葉が落ちた後の枝が、数多《あまた》の柿の実で朱色に飾られております。それが熟しきって、塀を越えていたのでありました。

「あれま、勿体ない」

正直な思いでございました。畠屋は柿が好きなのでございます。昨今の寺子屋の悪餓鬼ども……もとい、お子方は、柿をもがぬのでございましょうか。

甘柿ならば、美味《おい》しいお八つでございます。渋柿であるならば、皆で試しに干し柿を作ってみるのも、楽しゅうございましょう。なかなか出来ぬことでございます。

そこまで考えましたとき、畠屋は柿が手付かずでいる訳に気がつきました。柿の木の両隣には、他にも大きな木が植わっていたのでございます。挟まれました柿の木は、細身のまま丈高く、天に向かってひょろりんと伸びたのでありました。

要するに、細くていかにも折れそうで、危なっかしい木だったのでございます。寺子屋のお子らが登りましたら、お師匠様方が顔色を蒼《あお》くして駆けつけて来ること、請け合いでありました。それでなくとも、柿の木は折れやすいものでございます。しかも折れた枝が尖《とが》った形になるそうで、体に刺さったら恐ろしいことになるのです。畠屋が小さい頃、柿の木には登るなと、子らは大人から言われたものでございます。

この寺子屋でも危ないから実を取るなと、言われているのでございましょう。

しかし。そうであるならば、昨年まで柿の実は、どこへ消えていたのでしょうか。

道にこのように多くの柿の実が降っている様子を、畠屋は憶《おぼ》えてはおりませんでした。その時でございます。昨今、今様江戸に多くおいでの烏天狗《からすてんぐ》方が、空にその黒い姿を現したのでございます。

「ああ、今まではこの方々が、食べておいでだったのだ」

納得いたしました。もし渋柿だったとしても、完全に熟柿《じゅくし》なれば甘いと聞きます。

「しかし、それならば何故に、今年はこのように余っているのでありましょう」

畠屋は烏天狗方に聞いてみたのでございます。しかし！　その時何故だか皆様は、畠屋の近くから、大急ぎで飛び去ってしまわれたのです。

「あれれ？」

畠屋はその怪しげな行いの訳を考え……直《す》ぐに思いついたことがございました。

烏天狗方は、禁を犯したのです！

「きっと余所《よそ》で『ごみ』の袋を破り、中から『にく』なるものを拾い食いしたのですね。それで満腹し、柿が食べられなかったのですね？」

畠屋は下手人を前にした下っぴきのように、ぴしりと推測を口にいたしました。しかし……答えて下さる烏天狗方は、もう近くにおいでにならなかったのでございます。

二〇〇六年二月七日

０６　如月の四

今、世の中は『とりのおりんぴっく』なる冬の忍者大会の最中でございます。中でも、くの一の方々が参加なされていた『かーりんぐ』なるものを面白いなと思われた方は、多いのではないでしょうか。

畠屋もその一人でございます。

『氷上の南蛮風将棋』と言われる競技は、一見簡単に出来そうでいて、大層難しそうでもあります。

身近であり、高尚でもある。そんなところが、魅力となっているのでありましょうか。

ところで畠屋は『かーりんぐ』を見ながら、ふ、これは鳴家《やなり》達が喜ぶ遊びだなと、直感したのでございます。

鳴家達は、あの鮮やかに色を塗られた『丸大石』に乗るのが、間違いなく大好きでありましょう。

そしてわくわくしながら、氷の上に滑り出すのです。つーっと滑っていきます。きゆわきゅわ笑います。

そして「こーん」と相手方の『丸大石』に当たった途端、鳴家はぽんと、空に弾《はじ》き飛ばされるのでございます。

「きゃたきゃたきゃた……」

鳴家達のうれしそうな声が、聞こえてくるようでございます。

しかし残念ながらその楽しい遊びに、鳴家達は加えて頂けそうに無いと分かりました。何故なら鳴家は、人には見えない子らであるからです。

お客人の来られる大会で、他に姿が見えないというのは致命的なことであります。

鳴家達は仕方なく『おりんぴっく』に出ることを、諦《あきら》めたようでございます。

悲しいことでありました。

二〇〇六年二月二十四日

06 弥生《やよい》の二

畠屋は先日、〝トゲアリトゲナシトゲトゲ〟なる、意味深長な虫殿のお名前を、教えて頂きました。既に多くの方々が楽しんでおいでの、お名前のようでございます。

トゲトゲ殿はトゲトゲ殿ではあるものの、トゲトゲ殿の一つの種としてトゲ無しのトゲナシトゲトゲ殿が見つかり、さらにそのトゲトゲ殿の一つの種としてのトゲナシトゲトゲ殿の中で、トゲアリ殿が見つかり、トゲナシトゲトゲ殿ではあるけれど、その一種のトゲアリトゲナシトゲトゲ殿となられたという……あれ？　書いたこと、合っておりますでしょうか……。

誠に、不可思議さと面白さを背負った虫殿でございます。きっと、〝トゲアリトゲナシトゲトゲ〟殿は、己がトゲを背負っているのか、そうでは無いのか、日々沈思黙考しておいでなのでございましょう。

ところでこれに劣らぬ不可思議を、畠屋は某テレビのニュースで聞いたのでございます。それは「強風が吹いたので、『ちかてつ』のダイヤが乱れた」というものでございました。

一寸、今様お江戸の地下に『まぐま』が湧《わ》き上がり、地下に『かさいりゅう』でも突き抜けたのかと心配になりました。おやつに『おおばんやき』を食べておりましたので気がつきませんでしたが、もしかしたら表は、今様お江戸最後の日となっていたのかもしれません。

しかし、それにいたしましては、畠屋は無事なのでございます。『ねっと』を見てみましたが、この『ほし』が真っ二つになりそうだという『ねっと』版のよみうりには、行き当たりませんでした。不可思議なことでございます。

そこで、はたと思いつきました。今様お江戸の『ちかてつ』は地の上を走っておりますところがあるのでございます。そうです、畠屋は『ふるほん』を買いに行きますとき、時々『ちじょう』の『ちかてつ』にお世話になっておりました。そこに風が吹いたのでございましょう。

そこで考えました。本家『ちかてつ』を『ゴトゴト』といたしますと、その一つの種としての『ちじょう』の『ちかてつ』殿は、『ウエアリゴトゴト』殿であります。そして、この『ちじょう』の『ちかてつ』殿に新しく地下を走る種が生まれたといたしますと、地下に潜りますから、『ウエアリゴトゴト』ではあるが『ちか』をゆく『ちかてつ』殿として、『ウエナシウエアリゴトゴト』殿となられるという……。

そろそろ悩みが大きくなって参りましたので、終わることといたします。

二〇〇六年三月二十四日

06 卯月《うづき》の二

畠屋は本日、今様ぎやまん市へ行ってまいりました。

今様お江戸で、お城から見て隅田川を越えた先に、ぎやまん市が年に二回ほど立つのでございます。畠屋は趣味の一つとして、ぎやまんの酒杯を集めているのでございます。

では日頃、御酒をたしなむのかといえば、そうでもございません。畠屋は日本酒の味はきらいではございませんが、飲むとすぐに寝てしまうのでございます。これでは、お仕事になりません。飲むのは、お正月が多うございますね。

そんな畠屋ではございますが、ぎやまんの酒杯は小さくきらきらしく、畠屋を呼んでいるのでございます。されば、ぎやまん好きの畠屋は、つい集め始めてしまった訳でございます。

では、どんな酒杯が揃《そろ》っているのか。さようでございますね、家に集まっている品の中には、規格外れのものが多うございましょうか。

ぎやまん市には、近在の職人方のお店から、手作りのぎやまんが集まってまいります。そこに、少しばかり歪《ゆが》んだり気泡が入ったりして、大店《おおだな》で売ってもらえなくなりましたぎやまんの品も、出てくるのでございます。模様がずれておりましても、ようく見れば、かわいいものでございます。何より、他には無い品でございますれば。

今年は青い豆切り子の丸っこいのと、朝顔のように上に広がった中に、青い色の散ったのと、畠屋は二つ求めました。どうも青色と、ご縁があったようでございます。切り子の方は、全体にやや酒杯の形が歪んでおります。朝顔型は……どこがいけないのか分からなかったのですが、共にお安うございました。

二つともうちに参りましたからには、うちのこでございます。次のお正月は、買いました酒杯で、御酒を頂くつもりでございます。

二〇〇六年四月十八日

06　卯月の三

畠屋は昨今、体が大分、柏餅《かしわもち》と化しております。

寝ておりますと、鳴家達に囓《かじ》られそうで、ちょいと怖いのですが……まだ記憶の彼方《かなた》の柏餅に巡り会いません。

節句まではまだまだ日がございます。もうしばし、食べつづけることといたします。先日、物書き仲間方と『なんじゃたうん』なる場所へ、初めて向かいました。そこでお化け屋敷へ入ったのでございます。畠屋は大変沈着冷静、数多《あまた》のお化け方と、楽しくご挨拶《あいさつ》をさせていただきました。これも日頃から、鳴家をはじめ数々の妖《あやかし》方と知己を得ておりますおかげと存じます。

ところがでございます。『なんじゃたうん』では、気丈な方かどうかを知るために、あらかじめ『みゃくはく』を計っておくのでありました。

出るときに、また計られます。そうして畠屋は、己が実は大層怖《こわ》がりだということを、知ってしまったのでございます。あれまあと気落ちいたしましたあと、畠屋とお友達は、〝何かとそっくりな『すいーつ』の並ぶこーなー〟へまいりました。

天丼《てんどん》も納豆もおむらいすも、実に綺麗《きれい》に出来ておりましたが、食べれば甘いと思うと、どうも手が出ません。それで畠屋は人様へのおみやげに、缶入りの飲み物を求めました。中身は爽《さわ》やかな柑橘《かんきつ》系らしゅうございます。

しかし、問題はその『ねーみんぐ』と、缶の柄でございます。『妖怪汁』『目玉のおやじ汁』『妖怪珈琲《コーヒー》』！　などという名前が付いているのでございます。水木しげる先生の絵が、濃い印象を与えて下さっております。はたしてこの缶じゅーすを飲みましたとき、本来の味がいたしますものでございましょうか。いや、そもそもお土産として喜んでいただけるものでありましょうか。

畠屋はその缶を、長崎屋のおこぐさんに届けようかと思っております。

話は変わるのでございますが、畠屋は、ぱそこんとおつきあいする時が長うございます。それゆえ、友達から目の凝りを治す目薬があると聞いたときは、嬉《うれ》しゅうございました。お友達はさした後、ピントがいくらか合いやすくなったそうでございます。

畠屋もさっそく『ろーと　あいすとれっち』なる目薬を求めたのでございます。目薬は、さし心地も良うございました。鳴家にもさしてみましたところ、目をぱちくりさせておりました。

ですが近所で手に入れますのに、少しだけ捜しました。さて、ぱそこんを使われる方は多いと思いますのに、流行《はや》っていないのでございましょうか。まさかとは思いますが、ぱっけーじに描かれたおれんじ色の目の断面図が少し怖かった方が、畠屋の他にもおられたのでありましょうか。(畠屋はやはり怖がりなのでございましょうか)

よき目薬でございますれば、長く売っていて頂きたいのですが、すこうし心配な畠屋でございます。

二〇〇六年四月二十一日

ます。

06 皐月《さつき》の二

畠屋はこのところ、『ぴーしー』の内で描きます、お絵かきそふとに凝っております。

お絵かきそふとは何年か前に習いましたものの、お値段が高く、なかなか家用に買えませんでした。ところが最近、お手頃なお値段の一品を見つけたのでございます。使ってみましたところ、お値段からは想像もつかなかった程の、きちんとした『ぐらふぃっくそふと』でございました。畠屋は早々に絵を起こし、Tしゃつなどを一枚作りまして、楽しんでおりました。

ところがでございます。お仕事をそっちのけで遊んでおりましたら、鳴家に叱《しか》られてしまいました。

Tしゃつを作りますには、まずそふとでこしらえました絵を転写用の紙に刷りまして、それを熱いこてで押さえます。そのときに、蠟引《ろうび》きのような紙を当てるのでございます。

ぼーっとしておりました畠屋は、ここで紙を取り違えたのでございます。蠟引きしてない普通の紙に絵は張り付き、Tしゃつは台無しになってしまいました。情けないことでございます。いえ、鳴家に紙のことを聞いたのですが、あまりに畠屋が遊びに夢中なので、溜息《ためいき》だけ返して、答えてくれなかったのでございます。ちゃんと働けということなのだと、反省中の畠屋でございます。でも……お絵かきそふとは、なかなか楽しいのでございますよ。

二〇〇六年五月十九日

06 皐月の三

早、皐月も終わろうとしております。梅雨時も近くなって参りました。畠屋の台所の窓際《まどぎわ》に、今、小さな植木鉢が置かれております。そこに、身の丈三寸ほど、葉が十枚ほど付いた、小さな草木が生えております。

畠屋は『捨てるな、うまいタネ』というご本に触発され、食べた果物の種を、窓際の植木鉢に播《ま》いておいたのでございます。そういたしましたら、この春、一本の芽が生えて参りました。

小さな芽はすくすくと育っております。畠屋は大層面白く思い、その木の赤ん坊を、花が咲く程に育ててみたいと思っております。

ところがここで、畠屋はふと考え込むことになりました。生えてきたのが何の芽なのか、分からなかったのでございます。

芽には最初、小さな種の皮が付いておりました。形は片方が尖《とが》った楕円形《だえんけい》で、平べったいものでございます。畠屋は林檎《りんご》と梨《なし》をいただいたとき、そのような形の種を取り出し鉢に播きましたので、そのどちらかには違いありません。

しかし。さて、生えてきたのは林檎でしょうか。梨でしょうか。畠屋には見分けがつかないのでございます。

まだ三寸ほどの小ささでありますれば、葉も小さく、よく分かりません。細っこい幹は爪楊枝《つまようじ》のようで、木といえるほどの太さも無いものですので、特徴も見えないのでございます。

鳴家《やなり》に、どちらだと思うか聞きましたところ、首を傾《かし》げ家を沢山軋《きし》ませただけで、消えてしまいました。窓の外に烏天狗殿《からすてんぐ》がお見えだったので、ご意見を伺うと……

「あほー」と、厳しいご返答を頂いてしまいました。

昨今、畠屋の家の周りの烏天狗方は、気が立っておいでのようでございます。小さなお子がお生まれになった為《ため》だと噂《うわさ》を耳にいたしました。

ここで畠屋は思ったのでございます。「まあ、どちらでもいいか」自然と分かるのを、楽しみとすることにいたします。草花と違いまして、後々大きくなる木というものは、ずっとゆるりと育つもののようでございますが。さて違いが素人《しろうと》の畠屋にも分かるのは、いつの話となるのでございましょうか。

まあ、ゆっくり、ゆっくりと、小さな木とつきあってゆくことといたします。

二〇〇六年五月三十日

06　水無月《みなづき》の三

蒸し暑くなってまいりました。なのに、最近時々「からくり車」の中で、風邪をひかれた方とお会いします。

時節柄、体調をくずしやすいのかもしれません。皆様ご自愛くださりませ。

畠屋は最近、まだ珍しい方に入るであろう野菜を、八百屋さんで買いました。一つは「まこもたけ」。これを初めて外でいただきましたおり、畠屋は調理済みのものを、最初葱《ねぎ》と思い、次に名前から、きのこと勘違いしたというものでございます。皮付きのままで見ますれば、どうも筍《たけのこ》の仲間のようでございます。調理は簡単。一番お手軽な方法は、皮ごとでんしれんじに放り込みます。中が少し蒸されたようになって、あっさり火が通ります。なかなかによき歯ごたえでして、筍のように調理してもよし、「でぃっぷ」を付けていただくのもおいしゅうございます。畠屋はこの「まこもたけ」が八百屋の店先に出てくるのを、楽しみにしているのでございます。

二つ目は、紫色の「かりふらわー」でございます。形は「かりふらわー」のまま、色だけが紫きゃべつの色に化けたものと申しましょうか。(いっとき、これは妖《あやかし》になれるかもと、そう考えたほど個性的であられました。しかし野菜であれば、すぐに食べられてしまいます。付喪神《つくもがみ》にはなれぬと分かったのでございます) それ程、濃いお色でございました。これに火を通しましたところ、一層迫力は増しました。色は青紫に近くなったのでございます。

大変鮮やかで、なかなかに目立つお野菜でございました。栄養は多そうでありますのに、いっこうに広まらないのは、あの青みの強さのせいでございましょうか。

最近のお野菜は、面白いものが、多うございます。いえ、ご近所のあの八百屋さんが、面白いのでございましょうか。畠屋がお買い物に行きます近くには、八百屋さんが七軒と、八百物を扱います小さな「よろず食料品販売店」が、三軒ございます。よって競争が激しく、なかなかに個性的なお店があるのでございます。

二〇〇六年六月二十三日

06　文月《ふづき》の二

今様《いまよう》お江戸では、まだ梅雨も終わってはおりませんのに、大層暑くなってまいりました。

さて、かくもむしむしと暑くなりますと、暑さに弱い畠屋は早々に、『あいすくりん』よりも、氷菓の方を食べたくなってまいります。濃厚な美味《おい》しさよりも、すっきりさっぱりを、体が求めるといいましょうか。

お店でも、暑さが飛び抜けてまいりますと、やはりさっぱりとした冷菓が売れると、聞き及んだことがございますが……さてどの時点で、嗜好《しこう》が変わるのでありましょうか。

皆様は今食べるとしたら、『あいすくりん』の方でございますか。それとも氷菓でしょうか。興味をそそられる畠屋でございます。

ところで、「しゃばけ扇子ぷれぜんと」の締め切り日が迫ってきております。前回、出しそびれてしまったというお方が、おられました。どうぞお急ぎ下さいませ。畠屋はどちらの扇子も、なかなかに素敵だなあと、思うのでございます。

二〇〇六年七月十四日

06 葉月の二

夏が、いつまでも続いておりまする。

畠屋はここ暫《しばら》く、ちょいとばかり明治の時代へと、出張しておりました。

まぁ明治と言いましても、西南戦争や、日清《にっしん》戦争は避けまして、トテ馬車などが行き交い、アーク燈が灯《とも》りましたる銀座の地に向かいました。なかなかに面白うございました。

人力が走る横を、ドレスの裾《すそ》を引いたご婦人が、歩いてゆかれます。

殿方は、まだ髷《まげ》を結われている方、散切《ざんぎ》り頭《あたま》の方がおられ、服装も着物、洋装と分かれておいででしたね。

比べてご婦人方は、先にお邪魔いたしましたお江戸の頃と、変わり方が少なかったように思われます。日本髪にお着物の方が多くおられました。こちらの洋装が、目立ってしまいました。それでも髪型や化粧が僅《わず》かに変わっていたところが、やはり明治でございました。

ところで人目につかぬのをいいことに、鳴家をお供に連れていったのでございますが……煉瓦街《れんがが》は、今ひとつ鳴家達に受けが良うございませんでした。

何しろ洋風煉瓦の建物で、その上新しゅうございます。あまり『軋む』ことが、無いのでございます。仲間の姿は、とんと見つけることが出来ませんでした。

煉瓦街が気に入らず、鳴家がふくれておりましたので、アイスクリンを金五銭にて、求めました。あと、嘉寿亭羅《かすていら》に梅のジャムを付けしものも、美味でございました。鳴家の機嫌も良くなりました故《ゆえ》に、とりあえずは今様お江戸に戻った次第でございます。

楽しかったので、また訪れようと思います。

二〇〇六年八月二十五日

06　長月の一

畠屋の家の近くには、鳥さん方が、それは多く住んでおいでなのでございます。

畠屋の部屋は三階なので、べらんだに出ますと、時々『でんせん』にとまっておいでの鳥さんと、目が合ったりいたします。鳥さんは間近で拝見しますと、誠に大きな鳥でございますね。結構迫力であります。

あれでは鳴家など、ちょいと片足でつまれて、どこぞへ連れて行かれてしまいそうでございます。

ところで、鳥さん達は畠屋の姿を見ましても、平気で『でんせん』にとまっておいでで、動じることもございません。ごみ捨て場でお会いしました時など、鳥さんは鋭い視線を飛ばされ、畠屋の方が尻込《しりご》みをしております。鳥さんは強いのです。

そんな雄々しい方々のことで、最近畠屋は一つの発見をいたしました。どうも一つだけ、苦手なものがおありなようなのです。

実はそれは、赤い小さな、象さんの形をした如雨露《じょうろ》なのでございました。

畠屋はべらんだに、『あろえ』と『紫蘇《しそ》』と『わいるどすとろべりー』の鉢植えを置いておりまして、毎日水をやっているのでございます。それで、小さな象さんの如雨露を持って外に出ようとしましたところ、近くにおいでの鳥さんが、さっと逃げてゆくのでございます。

最初は偶然かと思いましたが、いつも象さんを手に持ちますと、鳥さんたちは逃げてしまわれます。赤い色が苦手なのでしょうか。それとも烏さんより小さくはあっても、象さんの形ゆえに、恐れを持たれたのでございましょうか。

べらんだには、少し前まで赤い『おしろいばな』が咲いておりましたが、烏さんが、それを嫌う風も無かったのでございますが。

象は強し！　ということなのでございましょうか。

二〇〇六年九月五日

07　水無月の一

お久しぶりでございます。ちょいとこの一節を、お目にかけることと致します。

『厚い雲が月を隠すとき、順序で江戸夜の暗闇《くらやみ》は、強打とつかまえるべき現在重かった。うわの空で暗闇、そういう風に下り続けるかもしれない暗闇とことまたはそれをない育てなさい前に、に歩む時[高い]作りをすること。黒い段階では、ちょうちんのランプは[po]掛かることを、やっと夜別に進め。時折、月に照し合わせて切られる雲は少し風で揺れる木製の表面のを離れて Matiya の形態および切り分けるか、または時をひっくり返すために影を、作った』

ええとでございます。畠屋は突然、とち狂った訳ではございません。上記の文は、実は『しゃばけ』の冒頭の部分なのでございます。

畠屋は十秒ほど、しゃばけ英語化計画を立てたのでございます。冒頭の部分を『ぐーぐる』で英語に翻訳し、さらに日本語に翻訳いたします。すると、上記のように化けてしまいました……。

ううむ……まだまだ、日本語の小説を自動翻訳するのは、難しいようでございますねえ。

畠屋は試しに、若だんなと鳴家が出てきます場面をも、日↓英↓日に翻訳してみました。すると。

若[da][n][na][]言葉の、の鳴家の[余りに]獅子《しし》無し[gama][ta][uchi]揃[tsute]、の首[wo]傾[keru]。「若[da][n][na][ha]、の何[ka]叱[] rareru][na][琴][wo]、[shitan][desu][ka]か」。「[傷][de]、の怖[gatsute][iru][n][desu][ka]か」。「[gi][yu][n][i]-か」。一昨日の、の若[da][n][na][ha]珍[shiku][o]饅《まん》頭《じゅう》[wo]一[tsu]食[べータ]。[傷][de]夕飯[wo][rokuni の]食[berarenakatsuta][琴][ga]、の大罪[[] na][ka][mo][shirenai]。[iya の]、の

駄目[da] [に] 発言[noni]、[mata]三春屋の[作られる]外出[wo] [[] shita] [ga の] 大[kina]罪[[] na] [da]。

もはや、何が何だか分からなくなってしまいました。ただ、不思議なことに鳴家とお獅子だけは、まともに日本語になったようでございます。やはり妖《あやかし》は強いのでございましょうか。

二〇〇七年六月八日

07 長月の一 「畠屋のなんだこりゃー秋たいぷ」

お久しぶりでございます。畠屋は夏の間こんがりと焼かれ、夏の終わりははばて搗《つ》かれた餅《もち》のようになり、ただ今秋仕様の、いささかばってりー切ればーじょん人間と化しております。つまり「畠屋のなんだこりゃー秋たいぷ」なのでございます。

なんだこりゃー畠屋は、すぐに燃料切れとなりますものですから、時々栄養補給が必要となります。最近の畠屋は、黒豆しぼりなるものに凝っております。

これは畠屋が京都で、さる方々の大層魅惑的な声を聞かせて頂いた後、東海道を今様お江戸に下りますとき、京の宿で見つけた宝泉堂のものでございます。大層美味しゅうございましたので、畠屋は一つ、二つを鳴家に分けつつ、一緒にお八つとして食べておりました。鳴家は大きめの丹波の黒豆が大層気に入ったようで、嬉《うれ》しそうに取り合いっこをしておりました。

そして、でございます。今日見てみましたところ、袋から黒豆の姿が消えてしまっているではございませんか。

さてさてさて。この事件の真相やいかに、でございます。それは美味しかったものですから、就寝後畠屋が、寝ぼけながら食べてしまったのでしょうか。それとも鳴家達が、袋の中に入っているのを知ってしまったのでしょうか。

謎《なぞ》は謎を呼びますが、畠屋は探偵ではないものですから、〝名探偵、皆を集めて、さてと言い〟とはいきませんでした。

真相は……黒豆色の闇の中でございます。

二〇〇七年九月十八日

07　長月の二　「畠屋の投稿生活・思い出編(四)」

出会い系ばーじょん編でございます。

今回は、間を置かず長月の第二弾をお届けいたしまする。
◎まずは、引き札でございます。
畠屋はこの九月、別版元様より『つくもがみ貸します』という新作を、出させていただくことに相成りました。

たいとるにあります通り、つくもがみ達を皆様の元へやりまして、日銭を稼ごうという計画でございます。

もっともこれは、作者が当初考えました程には、お気楽な話にはなりませんでした。働かされるのを嫌がったつくもがみ達から、時々ぽかりぽかりと、引っぱたかれたからでございます。それでも、本を世に出すとき近しとなれば、つくもがみ達が心配な畠屋でございます。

この度は、風呂敷《ふろしき》がぷれぜんとに付きますれば、是非お手にして頂きまして、ご応募下さいまし。

ひらにひらに、よろしくお願いいたします。

では、「畠屋の出会い系ばーじょん」編、開始でございます。

ある時、漫画家として『でびゅー』はしたものの、直《す》ぐにお仕事と縁の無くなった畠屋でございます。

要するに、畠屋にはお仕事を回して貰《もら》えなくなったのでございます。仕方がございませんので、あしすたんとなどのお仕事などで、何とか暮らしを立てておりました。

そのとき畠屋はかるちゃーすくーるの教室で、好きな作家である都筑道夫先生が、小説作法のくらすを持っておられるのを知ったのでございます。

教室があるのが、遠からぬ駅の池袋であったのが、ご縁だったのでしょうか。畠屋は漫画は描いた事があっても、小説などほとんど書いたことがありませんでしたのに、無謀にもくらすに顔を出したのでございます。

結果は……都筑先生の溜息《ためいき》となって、現れました。

それでも止《や》めずに、何年か教室に通っておりました。

その内漫画の方はまた、雑誌で描くことになりましたが、私は先生に小説を読まれるたび、その講評にがっくりときたものでございます。

そんな毎日は積み重なっていき、七年以上になりました。

二〇〇七年九月二十一日

07　神無月の一　「『畠屋の忘れぬ内に』編でございます。」

畠屋はメールを頂いたり、お仕事でご返事が必要なことがありましたときは、なるだけ早めにお返事したいと思っております。

こう言いますと、良き心がけの者だと申しておりますように思われるかもしれませんが……実態は、『とにかく忘れぬ内に、返事をしなくては』という、情けなくも悲壮感に満ちた行動でございます。

何しろ畠屋の脳みその中は、『忘れ虫』なる妖が住んでいるに違いない、恐ろしい状態なのでございます。

とにかく、忘れてしまうと困るとても大切なことを、ついうっかり、あら大変、けろりんぱと忘却してしまうという特技を、畠屋は持っているのでございます。

今週畠屋は、遅れ気味のお仕事を、もそもそ続けておりました。

そこへ鳴家達が連絡事項を書いた『めも』を持って、一匹、また一匹とやって来たのでございます。

これは大変、畠屋はきゃりあうーまんのように、ぴしぴしと決断を下してゆくのが苦手でございます。多分『ゆーじゅーふだん』という妖と、お友達なせいでございましょう。

それでも放っておくことも出来ませぬ。畠屋なりに、精一杯がんばりまして、鳴家達をメールに載せ、送り出したのでございます。『やりました！』畠屋は充実感に満ちておりました。

ところが。一息ついてねっとを見た畠屋は、余所様《よそさま》のさいとを見て、その日に別の予定があったのを、思い出したのでございます。

部屋で振り返りますと、隅で鳴家が一匹『出版社ぱーてぃー』なるめもを抱えて、首を傾《かし》げておりました。

そして既に、『出版社ぱーてぃー』の時刻は過ぎていたのでございます。(ｰ ｰ;)

二〇〇七年十月九日

07 霜月の一 「電気箱 今様お芝居」

お久しぶりでございます。

最近いささかばてておりました畠屋でございますが、長崎屋にて苦い妙薬を求めまして、もそもそと復活して参りました。

さて皆様、『しゃばけ』の今様お芝居を、見て下さいましたでしょうか。畠屋は目の前にお江戸の景色が広がるのを見まして、感動しておりました。

若だんなや兄《にい》やさん達、鈴彦姫《すずひこひめ》に屏風《びょうぶ》のぞきが動いて喋《しゃべ》る姿を拝見するのは、嬉しゅうございました。

それに、鳴家達もわらわらと、楽しげにおりましたねえ（ヽ´ー｀）

酔っぱらった鳴家に気が付かれた方は、おられますか？

その隣では、一匹机から落ちておりました。

畠屋は大層楽しんで拝見しましたが、「えんでぃんぐ」を見て、ちょいと望みが出て参りました。

番組の宣伝の時に出ておりました「めいきんぐ」の部分も入れた、「でぃーぶいでぃー」が出ては下さらぬものでしょうか。そうしましたら、鳴家が全部で何匹出ていたか、一匹〜、二匹〜と、数えていきたい畠屋でございます。

それからでございます、みくしぃで『しゃばけ』のことが語られておりましたので、放映後、畠屋はあちこちの日記を拝読させて頂きました。ありがとうございました。

色々なご意見を知ることが出来まして、嬉しかったです。

あの日、「しゃばけ」という言葉は、みくしぃの日記「きーわーどらんきんぐ」、堂々の第一位だったのでございます！

本当に、胸が高鳴る一日でございました。

二〇〇七年十一月二十九日

08　正月の一　「今年もよろしくお願い申し上げます」

本年も、皆様と妖と畠屋にとって、良い年となりますように。

皆様はどんなお正月を過ごされましたことでしょうか。

今様お江戸は、とても暖かかったり、急に寒くなったりしております。

さて、今年畠屋は鎌倉の方へ、新年のお参りにゆきました。

晴れた日でございましたので、それは多くの方々が、お参りをなさっておいででございました。

そんな中、お参り致しましたお寺で、畠屋は少しばかり目を見開いたのでございます。

そのお寺には、小さな賽銭箱《さいせんばこ》があるのですが、その中の一つを見ますと、お賽銭が入りきらず、中で小山を作っておりました。

もしかしたら、中の一枚がたまたま箱に引っかかり、その上に他のお金が重なっていただけかもしれませんが……いつもは直接お金が見えることの無い賽銭箱から、お金が溢《あふ》れているように見えましたのは、景気の良い光景でございました。

二〇〇八年一月十六日

08　正月の二「鳴家の暫《しばら》く〜」

さて、畠屋は最近、「うぇぶ」なるものの中で、「しゃばけ」と「歌舞伎」を関連づけ、語っておいでの方を、見つけました。おお、これは面白いと思ったのでございます。

するとでございます。畠屋の元にわらわらと、鳴家達が湧《わ》いて出て参りました。助《すけ》六《ろく》のいでたちの鳴家は、てんでに傘を持って、隈《くまど》取りをしております。そして、思いっきり格好をつけ、見得を切ったのですが……何匹かは上手《うま》くいかず、その内遊びだしてしまいました。

そこへ、「暫く、暫く〜、きゅんい〜」といって、近寄って来た鳴家達がおります。どこで調達致しましたのやら、三升紋《みますもん》の付いた格好の良い衣装を着て、長袴《ながばかま》をとんと踏みだし……あ、裾《すそ》を踏んづけ、皆でひっくり返ってしまいました。

三升紋の衣装は袖《そで》が大きいので、三升紋付鳴家達、なかなか立ち上がれません。

おお、そこを面白がった助六鳴家達に、踏んづけられております。

ひーろーが足蹴《あしげ》にされて、いいものでありましょうや。

何だか、妙なことになって参りました。

この辺で、幕とさせて頂きます。

二〇〇八年一月二十五日

08　如月《きさらぎ》の一　「春近し」

さて、まだ少々寒くはございますが、春近しでございます。

何故《なぜ》ならそろそろ、梅の綺麗《きれい》な季節でございますれば。

畠屋が大好きな梅の木が、鎌倉にございます。萩寺《はぎでら》として有名な、宝戒寺のしだれ梅でございます。

大きな白梅で、枝は地面に届くよう。香りも良うございまして、あそこへ鳴家を連れてゆくのが、畠屋の春の楽しみなのでございます。

鎌倉の八幡宮《はちまんぐう》からも近うございます。そういえば八幡宮では、晴れた日にお参り致しますと、時々婚礼をお見受け致しますね。

綺麗な花嫁様のお姿を、拝見することがあるのでございます。

まさに、満開の梅の花と競うほどのお姿であられます。

二〇〇八年二月二十一日

08　卯月《うづき》の一

お久しぶりでございます。畠屋でございます。

皆様のところへ伺った鳴家達も、落ち着いた頃でございましょうか。

畠屋はお花見団子と柏餅《かしわもち》を、鳴家達と頂いておりました。

今年も柏餅の季節でございます。


ところで畠屋は最近、文筆家仲間の方より、変わり朝顔の種を頂きました。

若だんなも育てたことのある変わり朝顔、一体どんな花が咲きますことやら、畠屋は楽しみにしているのでございます。

うまく咲きましたら、こちらで報告させていただきますね。

この春は鎌倉で、お気に入りのしだれ梅を拝見して参りました。

近所の川では、桜の花筏《はないかだ》が大層綺麗に流れておりました。

畠屋は今頑張って、お仕事の本を読んでいるところでございます。

皆様はいかが、されておりますでしょうか。

二〇〇八年四月二十二日

08　師走《しわす》の一

早、今年も最後の月をむかえました。

毎年、なんと早いのだろうと思います。皆様は、いかがな年の瀬でございましょうや。

先日は『うそうそ』のドラマなど放映されまして、それは嬉《うれ》しかった畠屋でございます。

ところでドラマという、他の媒体の『しゃばけ』を見た畠屋は、ふと思ったのでございます。

もし仮に、『しゃばけ』を漫画化する、などということになりました場合、読者の方々は、どのような絵師様を思い描かれるのでございましょうや。

畠屋は昔、もし万が一漫画化されるとしたら、この方に描いて頂けたら嬉しいと、そう思った方がいました。

その方は、杉浦日向子《ひなこ》さんだったのですが、残念ながら、お亡《な》くなりになってしまわれました。

勿論《もちろん》、杉浦先生のような作風が良いと、限定するものではありません。『しゃばけ』を漫画化するのであれば、こういう方がよいのではないかというご意見を、聞かせて頂けたら、幸いでございます。

また、載せる媒体というか、年齢層などのご希望（少年誌、青年誌、少女誌、女性誌等）なども添えて頂けると、嬉しいです。

ちょいと、考えを教えてもよいというお方がおられましたら、ありがたく。

よろしゅうお願い申し上げます。

二〇〇八年十二月四日

畠屋。

09　弥生《やよい》の一「畠屋、弥生の一日、あれこれ考える」でございます。

春も近くなって参りました。皆様の所へ、手ぬぐいに化けました妖《あやかし》達は、もうつきましたでしょうか。

行った先の家のお菓子を、勝手に食べているのではないかと、心配している畠屋でございます。そして畠屋はこの弥生の一日、もそもそと考え事など致しておりました。

まずは一つにはと申しましょうか、やっと申しましょうか、「しゃばけ戯画」のことでございます。

以前皆様に、もし戯画化されますとしたら、どういう方を想像されますでしょうかとお聞きしたところ、様々なご返答を頂きました。

挿絵《さしえ》を描いて下さっているS田先生を始め、I・I先生、Y・K先生、Y・K先生、H・A先生などなど、畠屋が思っておりましたよりも、大層多き方々の御名が、あげられたのでございます。

しかも、と申しましょうか、やはりと言いましょうか、皆様揃《そろ》って今のお仕事でお忙しいと、推察される方々ばかりで……。戯画化の道は、なかなかに険しゅうございますね。

そして、これも御意見が分かれておりましたのが、掲載される雑誌は、どういう層(年齢)向けのものが良いでしょうかということでして。少女漫画誌、青年誌、ホラーかミステリー系、少年漫画、女性誌等、多様なご意見を頂きました。

うう む、難しゅうございますね。

私の作品の初めての漫画化ということで、今うぇぶ上で漫画を載せています。(『八《や》百万《およろず》』という作品になります。)

これは少女漫画系の絵柄となりますが、『しゃばけ』の場合、こういう方向と比べ、

(1)似た感じの方向性でＯＫ

(2)もっと少年・青年誌向きの劇画タッチ

(3)亡くなられた杉浦日向子先生のような、大人向きのタッチで。

(4)その他のご意見

等々。

またお聞かせ願えましたら、嬉しいです。

二〇〇九年三月十七日

畠屋でした。

09　皐月《さつき》の一「畠屋、わくわくする絵に出会う」でございます。

お久しぶりでございます。

最近、燕《つばめ》様は空で、せっせと虫を捕まえておいでです。

そういう季節になったのでございますねえ。

ところで今年、「しゃばけ」シリーズの『かれんだぁ』が、出ることになりましたのです。

(わーい、でございます)

絵師さんが描いて下さった絵を、畠屋は一足お先に拝見することが出来たのですが、それは大層素敵な、「ふふふのふ」と、笑みが浮かぶ絵でございました。

是非、是非に皆様の所へ行きたいと、「しゃばけ」シリーズの皆も、申しております。

皆様のお家ならば、きっと数多《あまた》のお菓子が食べられる……いえいえ、楽しく遊べるに違いないと、そう言うのでございます。

畠屋も、『かれんだぁ』を買って下さった方々と、やりたいことが一つございます。

一月の絵は、宝船に乗った七福神……いえ、「しゃばけ」の誰がどう乗っているかは、実物でお確かめ下さい。

　とにかくその宝船の絵は、目出度《めでと》うございます。そして、正月二日の夜、良い夢を見るには、七福神の乗った宝船の絵があると、良いのでございます。

「ながきよのとおのねぶりのみなめざめなみのりぶねのおとのよきかな」

(長き世の遠の眠りの皆目覚め波乗り船の音の良きかな)

　という回文の歌をその絵に書いたものを、枕《まくら》の下に入れ、眠ると良いとされております。

　つまり、しゃばけ『かれんだぁ』を買われた方は、一月分をこぴーなど致しまして、歌を入れ枕の下へ入れられる。すると、「しゃばけ」シリーズの面々との、良き初夢を見られるのではないかと、畠屋はそう思うのであります。

(そうだったら、楽しいと思われませぬか？)

　さて、長くなりましたので、畠屋が皆様とどういう夢を見たいかは、次回書かせて頂きます。

二〇〇九年五月二十八日

09　霜月の一「畠屋、日暮れの早きことを思う」でございます。

お久しぶりでございます。

季節の過ぎ去る事は早く、気がつけば、はや霜月と相成っているではございませんか。

「しゃばけ」シリーズの『かれんだぁ』も、既に出ているようでございます。畠屋の所にも鳴家達が参りました。そして遅々として進まぬ畠屋の仕事を見まして、皆、机の脇《わき》で寝てしまいました。

起きてからお話を読んでも、あまり変わらぬと思われたのでありましょうか。情けのないことでございます。

ところで、畠屋は以前の「あじゃれ」よみうりで、『かれんだぁ』を買って下さった方々と、やりたいことがある旨《むね》、書いておりました。

申します！

それは『かれんだぁ』を買って下さった方々と、一緒に楽しいお正月の夢を見ようという、壮大な計画でございます。

まず「しゃばけ」シリーズの『かれんだぁ』の一月分。

宝船の所をこぴーなど致しまして、お正月を待ちます。

一日もしくは二日の夜となりましたら、こぴーを枕の下へ入れます。

そして、下記の歌を三回唱えてから、寝るのでございます。

すると、幸運が来ると申します。（「初夢」がいつ見る夢なのかには両方の説があります。れっつ、二日ともやりましょう）

「長（なが）き世（よ）のとおのねぶりの皆（みな）めざめ波（なみ）乗（の）り船（ぶね）の音（おと）のよきかな」

そしてですね、叶《かな》うことでしたら、畠屋は是非「しゃばけ」の宝船で夢を見る皆々様と、お江戸でお会いしたいと思うのでございます。

今年のお正月は、しゃばけ仲間で、れっつ、お江戸集合と参りませんか。

皆さんと、夢の中のお江戸で、お会い出来るでしょうか。

目出度い正月となりますでしょうか。

出来るか出来ないかは不明なれど、一度江戸で遊んでみたいと思う、畠屋なのです。

お会いしたら、妖達と栗《くり》きんとんでお祝いといきたいところでございます。

一杯やれるお方とは、御酒のことなども、お話したいですねえ。

長崎屋を見られたら、いいなあと。

この計画、勿論お正月、皆で同じ初夢を見られるかどうかという所が、肝心な点ではございます。

しかし、もう一つ、畠屋には不安な点がございまして。

実はいつも、夢を見ていたことは覚えているのですが、その中身を、とんと覚えていないのであります。

次のお正月はうまく覚えていられるでしょうか。

一富士、二鳴家《やなり》、三屛風《びょうぶ》のぞき、でございましょうか。

とても、楽しみにしております。

二〇〇九年十一月四日

あとがき　そして深々と下げられる頭

この本のために、何年か前に書いたものを集め、目にすると、そこに自分が物書きとして過ごしてきた時間があった。

『しゃばけ』が日本ファンタジーノベル大賞の、最終選考に残ったという電話を受け、頭の中が真っ白になったあの時から、もそもそと動き始めたものがあったように思う。四十歳を越えていたので、どうせなら今回受賞してくれないかな、などと思っていた選考の日。

受賞の言葉を書くとなって、どうしようと困ったこと。近くの小さな書店には配本がなかったので、初めての本が本当に本屋に並んでいるのか、池袋の大型書店まで見に行った時。

エッセイやコラムというのは、時を連れている文なのだなと、しみいるように思う。小説が年月を越えてゆくのと、また違った思いを、短い文は波のように寄せてくる。

あちこちに原稿が散らばり、さて話をどこに載せたのかも定かでなくなってしまう物書きを前にして、こうして本にまとめて下さった編集さんに感謝を申し上げます。デビュー以来の時を、話を読み、共に過ごして下さった皆様にも、深く深くお礼を申し上げます。

そして読んで下さる方が、〝夢中になれる時間〟が過ごせるような話を、書くことが出来ますように。そう祈って、また物語を書き始めます。

写真 © 新潮社写真部

いつも著者を見守り、励ましている
読者の方からいただいた手作りの一太郎と妖たち

文庫版❖スペシャル付録！

お宝「しゃばけ」ギャラリー

絵師・柴田ゆう

【こいして】

小説新潮❖二〇一一年二月号掲載
本文は『やなりいなり』に収録

【やなりいなり】

小説新潮❖一一年三月号掲載
本文は『やなりいなり』に収録

【からかみなり】

小説新潮❖一一年四月号掲載
本文は『やなりいなり』に収録

【長崎屋のたまご】

小説新潮❖一一年五月号掲載
本文は『やなりいなり』に収録

【あましょう】

小説新潮❖一一年六月号掲載
本文は『やなりいなり』に収録

【ろくでなしの船簞笥】

小説新潮❖一二年一月号掲載
本文は『ひなこまち』に収録

【ばくのふだ】
小説新潮❖一二年二月号掲載
本文は『ひなこまち』に収録

【ひなこまち】
小説新潮❖一二年三月号掲載
本文は『ひなこまち』に収録

【さくらがり】
小説新潮❖一二年四月号掲載
本文は『ひなこまち』に収録

【河童の秘薬】
小説新潮❖一二年五月号掲載
本文は『ひなこまち』に収録

【えどさがし】

yomyom❖一二年夏号掲載

この作品は二〇〇九年十二月新潮社より刊行された単行本に、絵師・柴田ゆう
お宝「しゃばけ」ギャラリーを加えたものである。

伊坂幸太郎著
オーデュボンの祈り
卓越したイメージ喚起力、洒脱な会話、気の利いた警句、抑えようのない才気がほとばしる！　伝説のデビュー作、待望の文庫化！

伊坂幸太郎著
ラッシュライフ
未来を決めるのは、神の恩寵か、偶然の連鎖か。リンクして並走する4つの人生にバラバラ死体が乱入。巧緻な騙し絵のごとき物語。

伊坂幸太郎著
重力ピエロ
ルールは越えられるか、世界は変えられるか。未知の感動をたたえて、発表時より読書界を圧倒した記念碑的名作、待望の文庫化！

伊坂幸太郎著
フィッシュストーリー
売れないロックバンドの叫びが、時空を超えて奇蹟を呼ぶ。緻密な仕掛け、爽快なエンディング。伊坂マジック冴え渡る中篇4連打。

伊坂幸太郎著
砂漠
未熟さに悩み、過剰さを持て余し、それでも何かを求め、手探りで進もうとする青春時代。二度とない季節の光と闇を描く長編小説。

伊坂幸太郎著
ゴールデンスランバー
山本周五郎賞受賞
本屋大賞受賞

俺は犯人じゃない！　首相暗殺の濡れ衣をきせられ、巨大な陰謀に包囲された男。必死の逃走。スリル炸裂超弩級エンタテインメント。

宮部みゆき著

本所深川ふしぎ草紙

吉川英治文学新人賞受賞

深川七不思議を題材に、下町の人情の機微とささやかな日々の哀歓をミステリー仕立てで描く七編。宮部みゆきワールド時代小説篇。

宮部みゆき著

幻色江戸ごよみ

江戸の市井を生きる人びとの哀歓と、巷の怪異を四季の移り変わりと共にたどる。"時代小説作家"宮部みゆきが新境地を開いた12編。

宮部みゆき著

平成お徒歩《かち》日記

あるときは、赤穂浪士のたどった道。またあるときは箱根越え、お伊勢参りに引廻し、島流し。さあ、ミヤベと一緒にお江戸を歩こう！

宮部みゆき著

堪忍箱

蓋を開けると災いが降りかかるという箱に、心ざわめかせ、呑み込まれていく人々――。人生の苦さ、切なさが沁みる時代小説八篇。

宮部みゆき著

孤宿の人（上・下）

藩内で毒死や凶事が相次ぎ、流罪となった幕府要人の祟りと噂された。お家騒動を背景に無垢な少女の魂の成長を描く感動の時代長編。

宮部みゆき著

あかんべえ（上・下）

深川の「ふね屋」で起きた怪異騒動。なぜか娘のおりんにしか、亡者の姿は見えなかった。少女と亡者の交流に心温まる感動の時代長編。

恩田陸著

六番目の小夜子

ツムラサヨコ。奇妙なゲームが受け継がれる高校に、謎めいた生徒が転校してきた。青春のきらめきを放つ、伝説のモダン・ホラー。

恩田陸著

不安な童話

遠い昔、海辺で起きた惨劇。私を襲う他人の記憶は、果たして殺された彼女のものなのか。知らなければよかった現実、新たな悲劇。

恩田陸著

ライオンハート

17世紀のロンドン、19世紀のシェルブール、20世紀のパナマ、フロリダ……。時空を越えて邂逅する男と女。異色のラブストーリー。

恩田陸著

夜のピクニック

吉川英治文学新人賞・本屋大賞受賞

小さな賭けを胸に秘め、貴子は高校生活最後のイベント歩行祭にのぞむ。誰にも言えない秘密を清算するために。永遠普遍の青春小説。

恩田陸著

中庭の出来事

山本周五郎賞受賞

瀟洒なホテルの中庭で、気鋭の脚本家が謎の死を遂げた。容疑は三人の女優に掛かるが。芝居とミステリが見事に融合した著者の新境地。

恩田陸著

朝日のようにさわやかに

ある共通イメージが連鎖して、意識の底にある謎めいた記憶を呼び覚ます奇妙な味わいの表題作など14編。多彩な物語を紡ぐ短編集。

重松清著

ナイフ

坪田譲治文学賞受賞

ある日突然、クラスメイト全員が敵になる。私たちは、そんな世界に生を受けた——。五つの家族は、いじめとのたたかいを開始する。

重松清著

エイジ

山本周五郎賞受賞

14歳、中学生——ぼくは「少年A」とどこまで「同じ」で「違う」んだろう。揺れる思いを抱き成長する少年エイジのリアルな日常。

重松清著

きみの友だち

僕らはいつも探してる、「友だち」のほんとうの意味——。優等生にひねた奴、弱虫や八方美人。それぞれの物語が織りなす連作長編。

重松清著

青い鳥

非常勤の村内先生はうまく話せない。でも先生には、授業よりも大事な仕事がある——孤独な心に寄り添い、小さな希望をくれる物語。

重松清著

せんせい。

大人になったからこそわかる、あのとき先生が教えてくれたこと——。時を経て心を通わせる教師と教え子の、ほろ苦い六つの物語。

重松清著

くちぶえ番長

くちぶえを吹くと涙が止まる。大好きな番長はそう教えてくれたんだ——。懐かしい子どもも時代が蘇る、さわやかでほろ苦い友情物語。

山本周五郎著

五瓣の椿

自分が不義の子と知ったおしのは、淫蕩な母と相手の男たちを次々と殺す。息絶えた五人の男たちのそばには赤い椿の花びらが……。

山本周五郎著

赤ひげ診療譚

小石川養生所の〝赤ひげ〟と呼ばれる医師と、見習い医師との魂のふれ合いを中心に、貧しさと病苦の中でも逞しい江戸庶民の姿を描く。

山本周五郎著

さぶ

ぐずでお人好しのさぶ、一本な性格ゆえに不幸な境遇に落ちた栄二。二人の心温まる友情を描いて〝人間の真実とは何か〟を探る。

山本周五郎著

ながい坂（上・下）

下級武士の子に生れた小三郎の、人生という〝ながい坂〟を人間らしさを求めて、苦しみつつも着実に歩を進めていく厳しい姿を描く。

山本周五郎著

ちいさこべ

江戸の大火ですべてを失いながら、みなしご達の面倒まで引き受けて再建に奮闘する大工の若棟梁の心意気を描いた表題作など4編。

山本周五郎著

人情裏長屋

居酒屋で、いつも黙って飲んでいる一人の浪人の胸のすく活躍と人情味あふれる子育ての物語「人情裏長屋」など、〝長屋もの〟11編。

村上春樹著
螢・納屋を焼く・その他の短編

もう戻っては来ないあの時の、まなざし、語らい、想い、そして痛み。静閑なリリシズムと奇妙なユーモア感覚が交錯する短編7作。

村上春樹著
世界の終りとハードボイルド・ワンダーランド
谷崎潤一郎賞受賞（上・下）

老博士が〈私〉の意識の核に組み込んだ、ある思考回路。そこに隠された秘密を巡って同時進行する、幻想世界と冒険活劇の二つの物語。

村上春樹著
ねじまき鳥クロニクル
読売文学賞受賞（1〜3）

'84年の世田谷の路地裏から'38年の満州蒙古国境、駅前のクリーニング店から意識の井戸の底まで、探索の年代記は開始される。

村上春樹著
海辺のカフカ（上・下）

田村カフカは15歳の日に家出した。姉と並んだ写真を持って。世界でいちばんタフな少年になるために。ベストセラー、待望の文庫化。

村上春樹著
東京奇譚集

奇譚＝それはありそうにない、でも真実の物語。都会の片隅で人々が迷い込んだ、偶然と驚きにみちた5つの不思議な世界！

村上春樹著
1Q84
—BOOK1〈4月—6月〉前編・後編—
毎日出版文化賞受賞

不思議な月が浮かび、リトル・ピープルが棲《す》む1Q84年の世界……深い謎を孕《はら》みながら、青豆と天吾の壮大な物語《ストーリー》が始まる。

つくも神《がみ》さん、お茶《ちゃ》ください

新潮文庫　は－37－61

平成二十四年十二月一日発行

著者　畠《はたけ》中《なか》恵《めぐみ》

発行者　佐藤隆信

発行所　株式会社　新潮社

郵便番号　一六二―八七一一
東京都新宿区矢来町七一
電話　編集部(〇三)三二六六―五四四〇
読者係(〇三)三二六六―五一一一
http://www.shinchosha.co.jp

価格はカバーに表示してあります。

乱丁・落丁本は、ご面倒ですが小社読者係宛ご送付ください。送料小社負担にてお取替えいたします。

印刷・大日本印刷株式会社　製本・株式会社大進堂

ISBN978-4-10-146181-6 C0195